C O N T E N T S

Lily

Koyuki

Mizuki

illustration by Bcoca / design by AFTERGLOW

author. 3pu   illust. Bcoca

내 소꿉친구는
메인 히로인
인 모양이다.

②

미나즈키 사이토

리리의 소꿉친구. 단순한 성격으로,
누구와도 금방 친해진다. 리리와는
고등학교에서 처음으로 같은 학교에
다니게 되었다.

내 소꿉친구는
메인 히로인인 모양이다
2

3pu 지음 / Bcoca 일러스트 / 김진희 옮김

소미미디어

컬러, 본문 일러스트 | Bcoca

꽃에 물을 주듯이 사람은 사람에게 애정을 쏟는다.

방법은 돈, 물질, 온정 등 알기 쉬운 것에서부터 엄격한 말이나 태도 같은 알기 어려운 것까지 다양하다.

사람은 자기만의 방법으로 타인에게 애정을 쏟는다.

하지만 그런다고 반드시 싹이 트지는 않는다.

꽃의 종류에 따라 기르는 방법이 다르듯이, 애정을 받는 사람도 각양각색이다.

——어떻게 해도 받아들이는 사람.

——알기 쉬운 애정만 받아들이는 사람.

결국 주는 사람과 받는 사람이 잘 맞물려야 싹이 트는 것이다.

관계가 잘 맞물리지 않으면 구멍 난 꽃병에 물을 주는 것처럼 구멍으로 애정이 모두 새 버린다.

〈아빠. 저 100점 맞았어요!〉

〈그래? ……내 자식이면 그래야지. 그보다, 아직 일하는 중이다. 할 말 끝났으면 나가.〉

〈네.〉

그러므로 알기 쉬운 애정을 구하는 소녀와 일밖에 모르는 부모 간의 궁합은 좋지 못했다.

11

고등학생이 될 때까지 그녀의 씨앗이 싹을 틔우는 일은 없었다.

그것이 보통이라고 스스로를 타이르면서.

사랑을 모르고 살았다.

〈하도 열심히 일하길래 도와주고 싶어서.〉

그러던 어느 날, 혼자 쓸쓸하게 작업 중이던 소녀의 앞에 한 소년이 나타났다.

다정한 그는 아무런 대가도 바라지 않고 무조건적인 사랑을 주었다.

알기 쉽게 직선적으로.

이윽고 씨가 싹을 틔우고 사랑이라는 꽃을 피웠다.

그것은 사랑을 몰랐던 소녀에게는 너무나도 아름답고 너무나도 귀중했다.

그래서 필사적으로 되었다.

이 꽃을 계속 피울 수 있도록.

그에게 계속 사랑받을 수 있도록.

그러나 현실은 잔혹했다.

그의 주위에는 자신과 다른 예쁜 꽃이 피어 있었다.

그리고 최종적으로 선택받은 것은 소녀가 아니라 다른 여자였다.

그의 애정은 필연적으로 단 한 사람에게만 쏟아지게 되었고, 소녀의 꽃은 시들어 버렸다.

보통 시들면 버리기 마련.

그러나 소녀의 손에 있는 꽃은 단 한 송이뿐이라 시들었어도 버릴 수가 없었다.

언젠가 다시 그 소년에게 사랑받을 날을 고대하며 소중히 간직하고 있었더니 얼마 뒤 기적이 일어났다.

무슨 원리인지는 몰라도 시간이 되감긴 것이다.

그 소년과 만나기 조금 전으로.

그것을 이해한 순간, 소녀는 결심했다.

"이번에야말로 그의 사랑을 독차지하겠어."

계절의 따스함이 남아 있는 5월 초.

오늘 하늘은 맑게 개어 있었다. 따뜻하고 밝은 햇살에 졸음이 올 만큼 기분 좋은 점심 먹기 딱 좋은 날씨.

물론 점심시간을 맞이한 고등학생들이 얌전하게 있을 리가 없다.

수업이 끝나기가 무섭게 교실에서 달려 나와 각자 마음에 드는 장소에서 식사와 잡담을 즐기고 있었다.

고등학교 1학년이 된 소년 미나즈키 사이토도 예외 없이 소꿉친구인 미소녀 마치가네 리리와 옥상에서 점심을 먹고 있었다.

"마이따, 에고(맛있다, 최고)!"

"야, 먹으면서 말하지 마. 버릇없게."

"에(네). ……우물우물. 마이따!"

얼마 전에 기미상궁 노릇을 한 뒤로 왠지 습관이 되어 버린 두 번째 도시락.

리리가 직접 만든 요리는 전부 사이토의 입맛에 딱 맞아서 매번 먹다가 감탄이 나올 정도로 맛있다.

그때마다 리리에게 지적당하지만 아무리 의식해도 저절로 입에서 튀어나온다.

그러나 사이토는 딱히 고치지 않아도 상관없다고 생각한다.

맛있는 걸 맛있다고 말하는 건 당연한 일이다.

무엇보다도—.

"……참나. 어른이 돼서 창피당해도 난 모른다."

—요리를 칭찬하면 소꿉친구 소녀가 기뻐하니까.

지금도 그 증거로 입으로는 핀잔을 주지만 그녀의 곱슬머리는 기쁜 듯이 돌돌 말리고 있다.

'참 알기 쉬운 녀석이라니까.'

그런 생각을 하면서 도시락을 먹고 있는데 갑자기 옆에서 셔터 소리가 들렸다.

시선을 그쪽으로 향하니 전장에서 돌아온 곱슬머리 친구 한 사람.

카메라 렌즈 너머로 눈이 맞았다.

"(……참 투명하네)."

"(그치)?"

무언의 아이 콘택트.

그것으로 그도 같은 생각을 하고 있다는 것을 알 수 있어서 두 사람은 마주 보고 웃는다.

"나 빼고 둘이 뭐가 그렇게 통하는 거야?"

신난 두 남자 옆에서 혼자 소외된 리리가 뾰로통하니 볼을 부풀린다.

"그리고 아카시 군. 사진 찍는 건 허락했지만, 내가 찍는 걸 안 다음에 찍어."

그러나 그것도 잠시.

리리는 한숨을 내쉬고는 카이를 쳐다보면서 멋대로 사진을 찍은 것에 대해 설교를 시작했다.

"……앞으로 잘하겠습니다."

"잘하는 거 말고 엄수. 못 하겠다면 뭉개 버린다?"

"……알겠습니다."

"좋아."

카이는 처음에는 약속한 조건대로 촬영했는데 이건 횡포다, 하고 반항적인 눈빛을 했지만, 리리가 뭔가를 뭉개는 시늉을 하자 금세 얌전해졌다.

마치 주인이 똥개 훈련을 시키는 듯한 두 사람의 대화에, 옆에서 보고 있던 사이토는 쓴웃음을 짓는다.

'내 소꿉친구 무서워~.'

이 소꿉친구라면 틀림없이 할 것이다.

자신을 해치려는 상대라면 가차 없이.

일주일 전, 그녀를 습격한 남자에게 제압이라는 명목으로 무자비하게 관절기를 시전해서 눈물을 쏙 빼놓았던 것이 가장 큰 증거다.

카이는 어찌어찌 용서받았으나 과거에 리리를 상대로 엄청난 범죄를 저지른 적이 있으니, 빈말로 들리지 않을

것이다.

기세등등한 소꿉친구에게 휘둘리는 친구가 아주 조금 불쌍했다.

"그럼 찍은 사진 보여 줘봐."

"……네, 여기 확인해 보십시오."

"자, 어떤 사진을 찍었을까, 아카시 군은——."

"실례!"

"앗! 사이토, 네가 왜 가져가?!"

리리에게 꼼짝 못 하는 카이가 카메라를 내민 순간, 사이토가 가로챘다.

"아하하, 왜 그랬을까."

"네가 뺏어 놓고 왜 나한테 물어?"

만일 이 사진을 보면 리리는 자신의 버릇을 깨닫고 부끄러워서 두 번 다시는 보여주지 않으려 할 것이다.

사이토는 그걸 막고 싶었다.

기쁜 표정의 리리를 보면서 밥을 먹는 것이 요즘의 낙이다.

이걸 이런 식으로 잃을 수는 없는 노릇이다.

그녀의 존엄을 위해, 사리사욕을 위해 사이토는 일부러 바보 같은 짓으로 소꿉친구 소녀를 황당하게 만들었다.

사이토는 카이가 찍은 사진을 곧바로 삭제하려 했지만, 리리도 그리 호락호락하지는 않았다.

사이토의 의도를 눈치채고 카메라를 들여다보려고 집적

거렸다.

"어딜 멋대로 지우려고! 우리 사진이니까 나도 볼 권리가 있잖아."

"내 사진이기도 하니까 지울 권리도 있어!"

"기다려!"

"너 같으면 기다리겠냐?"

"……제발 카메라만 망가뜨리지 마."

무슨 수를 써서라도 사진을 보여 주고 싶지 않은 사이토.

무슨 수를 써서라도 사진을 보고 싶은 리리.

처음에는 두 손을 상하좌우로만 움직이던 동작이 서서히 커지더니 둘만의 술래잡기가 시작되었다.

엄청난 속도로 옥상에서 나가 교내를 뛰어다니는 사이토와 리리.

선생님한테 걸리는 것은 필연지사.

"미나즈키! 마치가네! 복도는 뛰어다니면 안 돼요."

"죄송함다."

"죄송합니다."

복도를 걸어가던 담임 하야마 치에에게 주의를 들었다.

흥분해 있던 두 사람은 혼나는 바람에 조금 조심스러워졌지만, 그럼에도 물러서지 않는다.

달리기는 멈췄지만 아슬아슬하게 혼나지 않는 속도로 경보를 이어간다.

"훗, 왜 안 쫓아와?"

"크윽, 경험의 차이인가!"

발은 쫓는 리리가 약간 더 빠르건만, 거리는 좁혀지기는 커녕 더 벌어져만 갔다.

원인은 사이토가 초등학교 때 쌓은 교내 술래잡기 경험.

교내에서 수도 없이 술래잡기를 했던 장난꾸러기 사이토는 선생님에게 혼나지 않을 속도로 쫓아오는 술래로부터 도망치는 기술을 여럿 알고 있다.

우등생인 리리와는 도무지 인연이 없는 기술들. 코너를 돌거나 사람을 피해 움직일 때마다 점점 거리가 벌어진다.

그렇게 고작 3분 만에 사이토는 리리를 따돌렸지만 한 가지 예상치 못한 일이 일어났다.

"휴우. 겨우 따돌렸네. 그런데 여기가 어디지?"

리리를 따돌리는 데 정신이 팔려서 어느새 낯선 장소까지 흘러오고 말았다.

사이토의 앞에는 교내 지도에서도 본 적 없는, 풀이 무성한 수수께끼의 정원이 펼쳐져 있었다.

옛날에는 예쁜 정원이었겠지만, 지금은 잡초며 나뭇가지가 마구 자라 있어서 어떤 모습이었는지 원형을 알 수 없었다.

조심스럽게 안으로 들어가니 분수가 있는 광장 주위만은 묘하게 깨끗했다.

잡초도 없고 분수도 더럽지 않다. 그리고 분수 주위를 빙 두르듯 흙이 갈아엎어져 있고 같은 간격으로 정체 모를 싹이 돋아나 있었다.

무슨 목적인지는 몰라도 누군가가 손질한 흔적이었다.

사이토는 어릴 때 만들었던 비밀기지 같은 분위기에 호기심이 발동했다.

"이쪽은 방금 씨를 심은 거 같은데……. 조금 전까지 누군가가 있었던 건가."

그리하여 이 정원에 침입해 있는 수수께끼의 인물을 찾기 시작.

꽤 그럴싸하게 지면도 만져 보는 등, 사이토는 완전히 명탐정이 된 기분이 되었다.

누구나 알 법한 간단한 추리를 하면서 사방을 두리번거리며 안쪽으로 나아갔다.

잘 다져진 길을 한참 걸어가니 처음 보는 건물이 나왔다.

안쪽을 슬쩍 보니, 본 적 있는 거구의 선생님이 있었다.

학생부장이었던 것 같은데, 평소에는 3학년 건물에 있다고 전교 집회에서 말했던 것이 기억난다.

그렇다면 이곳은 3학년생이 사용하는 신관인 모양이다.

지금까지 딱히 인연이 없어서 여기 오는 건 처음이었다. 대충 보아도 사이토 같은 1, 2학년이 쓰는 건물에 비하면 작았다.

그래도 한 학년을 수용하기에는 충분한 크기지만.

"오호~, 여기가 신관이군."

"너 거기서 뭐해?"

새삼 이 학교의 규모에 압도당하고 있는데 웬 남자가 말을 걸었다.

목소리가 들린 쪽을 돌아본 사이토는 다음 순간 깜짝 놀랐다.

"학생회장님!"

말을 걸어온 사람이 이 학교의 학생회장이었기 때문이다.

이름은 호조 타쿠미.

사이토보다 키가 크고 다리가 길며 안경을 쓴 미남으로, 여러 기업을 거느린 호조 그룹의 장남.

부모님의 피를 완벽하게 물려받은 타쿠미도 사람을 잘 다루는 카리스마를 갖고 있어서 학생회 선거에서 다른 입후보자들을 3배 표차로 누르고 당선되었다고 한다.

입학식 때, 그가 재학생 대표로 신입생들에게 격려사를 낭독해 입학식장을 흥분시킨 적이 있어 사이토도 그를 기억하고 있었다.

첫인상은 잘생기고 성실해 보이는 사람. 그러면서 사람을 잘 부리고 자신은 나서지 않는 타입.

그런 인상이었는데, 지금의 타쿠미는 사이토가 품었던 인상과 전혀 다른 모습을 하고 있었다.

자동차 정비공이 입을 법한 오버올을 입고, 한 손에는 물뿌리개를, 다른 한 손에는 삽과 비닐봉지가 담긴 양동이를 들고 있었다.

뜻밖의 인물과 뜻밖의 차림으로의 만남.

그것은 사이토를 깜짝 놀라게 하기에 충분했다.

자기도 모르게 얼빠진 소리를 하고 말았다.

"안녕하세요! 1학년 3반의 미나즈키 사이토라고 합니다. 여기에 있는 건 미아가 되었기 때문입니다."

"……그래?"

그러나 그것도 잠시.

적응이 빠른 사이토가 이내 정신을 차리고 사정을 설명하자, 처음에는 의아해하던 타쿠미의 눈이 안타까운 것을 보는 눈으로 바뀌었다.

"1학년 건물은 여기서 곧장 가서 왼쪽으로 꺾으면 나와."

"그렇군요. 감사합니다."

"이 정도로 감사하긴 뭘. 어서 가."

"넵. 이 은혜는 언젠가—— 앗!"

돌아가는 길을 알게 된 사이토가 타쿠미가 가르쳐 준 길로 가려는데 별안간 머릿속에서 퍼즐 조각이 딱 맞아떨어지는 소리가 났다.

"저, 학생회장님만 괜찮으시면 그 물뿌리개, 제가 들어드릴까요? 저기 흙을 갈아엎은 데로 갖고 가시려는 거죠?

힘들지 않으세요?"

사이토는 몸을 빙글 돌려 타쿠미에게 그렇게 제안한다.

"그걸 봤구나. 이 정도는 혼자 들 수 있으니까 괜찮아."

그러나 학생회장으로서의 위엄 때문일까 아니면 남자가 꽃을 기른다는 것에 수치심을 느끼는 것일까.

타쿠미는 사이토의 제안을 거절했다.

"정말요? 팔이 부들부들 떨리고 있는데. 혹시 실수로 물 너무 채운 거 아니에요?"

"큭! 아니야."

"에이, 고집부리지 말고 저한테 맡기세요."

그렇지만 슬프게도 타쿠미의 몸은 마음과 다르게 허세를 부릴 만큼 강하지 않았다.

물뿌리개를 들고 있는 팔이 경련을 일으키고 있어 오기로 버티고 있다는 것이 빤히 보이는 상태.

사이토는 주머니에 디지털카메라를 집어넣고 타쿠미한테서 물뿌리개를 빼앗아 들었다.

"네 맘대로구나."

"자주 들어요."

무거운 물뿌리개가 사라지자 저린 팔을 털면서 괜히 심술궂은 말을 하는 타쿠미에게 사이토는 서글서글한 웃음을 돌려준다.

그리고 "가시죠" 하고는 이번에는 타쿠미와 같이 정원

쪽으로 걸음을 옮겼다.

"그런데 왜 이런 일을 하는 거예요?"

지시받은 곳에 물을 주면서 사이토가 타쿠미에게 묻는다.

"취미다."

"그건 집에서 해도 되잖아요. 굳이 학교에서 할 거 없이. 아, 혹시 비밀기지 같은 건가요? 나만의 공간이 필요하다, 뭐 그런?"

"그런 건 아니다만. ……집은 여러모로 귀찮아."

"학생회장한테도 여러 가지 사정이 있군요."

체념한 얼굴로 돌아온 대답은 흔해빠진 것.

그러나 타쿠미의 태도로 보아 왠지 사실은 아닌 것 같다.

진짜 이유가 너무나도 궁금하지만, 보통 사람보다 주변 분위기를 읽는 데 둔한 사이토도 알 수 있을 정도로 거절의 오라를 발산하고 있어 더 물을 수가 없었다.

"그러고 보니, 이제 곧 체육 대회인데 학생회장님은 어떤 종목에 나가세요?"

그렇다면 침묵이 찾아오지 않도록 사이토가 할 일은 다음 화제로 넘어가는 일.

곧 있을 전학년 공통 이벤트인 〈체육 대회〉로 화제를 돌렸다.

"나는 학년 대항 계주하고 기마전."

역시 당연하다면 당연하지만, 3학년인 타쿠미의 입에서 나온 경기명은 사이토가 나가는 경기와 다소 달랐다.

〈기마전〉

남자라면 누구나 매료되는 달콤한 울림.

사이토는 초·중학교 시절에 두 번 경험했는데, 수많은 학생이 서로 머리띠를 빼앗기 위해 마구 뒤엉키는 혼돈의 시간은 즐거운 기억으로 선명히 남아 있다.

"오, 기마전 좋죠. 저 엄청 좋아하는데, 1학년은 없어요~. 그러니까 제 몫까지 열심히 해주세요, 학생회장님."

"난 뺏는 데는 소질이 없으니까 기대하지 마."

솔직히 말하면 사이토도 기마전에 참가하고 싶다.

그러나 3학년 종목에 1학년이 나갈 수는 없으므로 타쿠미에게 자신의 몫까지 싸워 달라고 압박이 담긴 응원을 보낸다.

그러자 타쿠미는 떨떠름한 얼굴로 시선을 돌렸다.

아무래도 기마전에는 별로 소질이 없나 보다.

"괜찮아요. 아까 그 모습을 보고 운동에 소질이 없다는 건 알았거든요. 적당히 해 주세요."

"넌 무례한 건지 그렇지 않은 건지 알 수 없는 녀석이구나."

아까는 배려해서 말하는 것 같더니 곧장 무례한 말이 나오자, 그는 당황스러운 표정이 됐다.

"어느 쪽이냐고 따지자면 무례한 놈이죠. 소꿉친구도 툭

하면 저한테 섬세하지 못하다고 해요."

사이토는 천연덕스럽게 선언했다.

최소한의 분별력을 갖고 있는 건 소꿉친구 소녀가 틈만 나면 주의를 주기 때문이다.

그녀가 몇 년이나 그렇게 지적하지 않았더라면 분명 지금쯤 사이토는 타쿠미의 거절 오라도 눈치채지 못하고 아무렇지도 않게 지뢰를 밟았으리라.

그것이 쉽게 상상이 가는 만큼, 사이토는 거짓말로도 섬세하다고는 할 수 없었다.

"정말로 이상한 녀석이군."

"그 말도 자주 들어요."

단, 그렇다 하더라도 그것을 당당하게 인정하는 사람은 드물다.

자신을 잘 보이고 싶어 하는 사교의 세계에서 살아온 타쿠미에게는 신선한 반응이었다.

어이없는 듯한, 그러면서도 어딘지 다소 부러움이 담긴 그 말을 사이토는 웃어넘겼다.

"아, 물 다 썼어요."

그러는 사이에 물뿌리개에 들어 있던 물이 다 바닥났다.

"물 떠 올게요."

아직 물을 주지 않은 곳이 있어서 사이토가 물을 보충하러 가려고 몸의 방향을 튼 순간, 타쿠미가 어깨를 붙잡았다.

"왜 그러세요?"

"그만 됐다."

갑작스러운 종료 선언.

사이토가 말뜻을 이해하지 못해 고개를 갸우뚱하자, 타쿠미가 어느새 꺼내든 스마트폰을 들이밀었다.

"앗!"

1시 10분. 5분 후면 점심시간이 끝난다.

사이토는 언제 시간이 이렇게 됐나 하고 초조해졌지만, 곰곰이 생각해 보면 점심을 먹고 술래잡기를 하고 꽃에 물까지 주었으니, 시간이 이렇게 되는 것도 당연했다.

그렇게 생각했을 때, 이번에는 타쿠미가 되갚음이라도 하듯이 물뿌리개를 확 빼앗았다.

"수고했다. 감사하지. 나머지는 방과 후에 내가 할 테니까 넌 이만 돌아가라. 저쪽 길로 똑바로 가면 1, 2학년 건물이 나올 거다."

이어서 격려의 말을 건네면서 후배가 무사히 돌아갈 수 있도록 친절히 안내해 주는 모습은 그야말로 위엄 있는 학생회장.

물을 생각보다 많이 떠서 볼품없이 팔을 부들거리고 있던 사람과는 딴판이었단.

그 갭에 사이토의 마음속에서 그에 대한 평가가 쭉 올라간다.

"감사합니다. 수고하셨어요, 학생회장님. 또 한가할 때 도와드리러 올게요!"

"안 와도 된다."

"크하핫, 싫은데요."

이 사람을 또 도와주고 싶다.

그렇게 생각한 사이토는 강제로 도와주겠다고 약속하고 서둘러 돌아갔다.

◇

"최악이야."

"리리치, 신경 쓰지 마."

"나는 그거 귀엽다고 생각하는데."

시간은 조금 흘러 5교시가 끝난 뒤의 10분 쉬는 시간.

리리는 친구들에게 둘러싸여서 머리를 감싸 쥐고 있었다.

원인은 점심시간에 있었던 그 사건.

사이토와 카이의 반응을 보아, 자신과 관련된 모종의 사진이 찍혔다는 것은 짐작했다.

그러나 사진은 사이토가 교실로 돌아왔을 때는 이미 삭제가 끝난 상황이라 끝내 볼 수 없었다.

지나간 일은 어쩔 수가 없지만, 대체 어떤 사진이었길래 그런 건지 자꾸 신경이 쓰였다.

그래서 리리는 카이에게 부탁했다.

〈어떤 사진이었는지 알려줘.〉

자신이 지을 수 있는 최고의 미소를 지으면서.

그 미소에 카이는 차마 대답을 감출 수 없었다.

결국 밝혀지는 진실.

자신에게 부끄러운 버릇이 있다는 것을 깨달은 리리는 폭발하고 말았다.

당연하다.

소꿉친구에게 일부나마 자신의 마음을 들켜 버렸으니까.

심지어 리리는 그 대답을 듣기 전까지 스스로 잘 감추고 있다고 생각했다. 어마어마한 충격이었다.

진실을 알면 이렇게 되는 건 필연이었다.

"그러게 내가 뭐랬어. 모르는 게 좋을 거라고 했잖아."

그런 리리에게 사이토가 어이없는 표정으로 다가와서 때린 데를 또 때렸다.

"……그렇게 기를 쓰고 숨기니까 더 궁금하잖아."

확실히 그의 말대로다.

이렇게 될 줄 알았으면 모르는 편이 행복했다.

하지만 상대가 그렇게 필사적으로 숨기면 도리어 궁금해질 수밖에 없지 않은가.

"그런 너에게 이런 말을 선물해 주지. 〈호기심은 고양이를……〉 뭐더라? 까먹었다. 칸자키, 너 아냐?"

"〈호기심은 고양이를 죽인다〉잖아. 유명한 속담인데 그런 것도 잊어버리다니, 정말 바보구나."

"흥!"

"아하하하, 여전하네, 이토치는."

"시끄러워. 갑자기 생각이 안 났던 것뿐이야."

그러나 사이토가 말하려던 속담대로 결국은 리리의 자업자득.

이 수치심은 얌전히 받아들이는 수밖에.

그러나 어떤 어리바리한 소꿉친구가 창피를 당해 준 덕분에 조금은 나아졌다.

화제는 완전히 사이토의 어리바리함으로 넘어가고, 리리가 어느 정도 괜찮아졌을 무렵.

누군가가 교실 문을 똑똑 노크했다.

그쪽으로 시선을 돌리자, 문이 열리더니 긴 흑발의 미소녀가 나타났다.

"실례 좀 할게. 하루키 있어?"

그녀의 이름은 시라유리 코유키.

운송 관련 기업을 경영하는 시라유리 그룹의 외동딸로, 이 세이라 고등학교 학생회 부회장이다.

몸짓 하나하나마다 기품이 넘치고 정의감이 강하며 누구 앞에서도 기죽지 않는 모습은 그야말로 일본인이 이상적이라고 생각하는 여성상. 남녀를 불문하고 학생들로부터 인기가 높으며, 이미 고백받은 수만 해도 100회가 넘는다는 소문마저 있다.

단, 그것들을 전부 거절해서 바로 얼마 전까지만 해도 '여자를 좋아하는 것 아니냐'는 그럴듯한 소문이 돌았다.

그러나 그 소문은 얼마 전에 부정되었다.

"아, 코유키 선배. 무슨 일이세요?"

"하루키. 할 말이 있는데, 지금 시간 좀 내 줄 수 있을까?"

"쉬는 시간 내에 끝나는 이야기면 괜찮아요."

"그럼 괜찮아. 2, 3분이면 끝나는 이야기니까. 그럼 갈까?"

"우왓! 갑자기 끌어안지 마세요, 선배."

"싫어. 이렇게 하지 않으면 하루키의 성분을 흡수할 수 없는걸."

코유키는 리리와 같은 반에 소속되어 있는 니시조노 하루키라는 소년에게 반해 있다.

그것도 그냥 반한 게 아니라 홀딱.

지금까지 정숙하게 주위의 눈을 의식하던 코유키가 하루키만 보면 무작정 껴안거나 데이트 신청을 할 정도이니, 그녀가 얼마나 홀딱 빠졌는지 알 수 있으리라.

계기는 도서실에서 혼자 작업 중이던 코유키를 보다 못해 하루키가 도와준 일. 그리고 책장이 쓰러져서 깔릴 뻔한 것을 구해 준 일이라고 한다.

만화에서야 자주 있는 일이지만, 현실에서는 좀처럼 겪

을 수 없는 일이다.

반하는 것도 무리는 아니리라.

'여전하네, 코유키 선배는. 하지만 예전의 나도 저랬겠지? ……아, 창피해.'

그러나 그녀를 보면 자꾸만 예전의 자신이 떠오른다.

가라앉았던 수치심이 다시 타오른다.

"으……."

"왜 그래, 리리치? ……혹시 열나? 보건실 갈래?"

다시 신음하는 리리를 보고 옆에 있던 슈리가 작은 목소리로 몸 상태를 걱정했지만, 완전히 오해다.

"괜찮아. 오래된 상처가 좀 아파서 그래."

"뭐야 그게. 뭐 괜찮으면 다행이고."

미안해진 리리가 얼굴을 들고 얼렁뚱땅 상황을 설명하자 그녀는 진심으로 이상하다는 듯이 웃었다.

"보급 완료!"

"오래도 걸리네요. 이제 곧 쉬는 시간이 끝난다고요."

"어머, 그럼 안 되지. 빨리 이야기해야겠네."

그러는 사이에 코유키와 하루키는 꽁냥꽁냥이 끝났는지 이동을 개시.

두 사람을 교실을 나가기 위해 리리 옆을 지나갔다.

지나가면서 코유키의 눈동자가 이쪽을 향해 눈이 맞는다.

그때 그녀의 눈동자에 있던 것은 경계의 눈빛.

'뭘 경계하는 거지?'

같은 남자를 좋아했던 첫 번째 인생이라면 몰라도 두 번째인 현재는 이런 눈빛을 받을 이유가 없을 텐데.

그렇게 생각하다가 짚이는 것이 하나 있었다.

며칠 전에 돌았던 소문이다.

소문의 내용은 리리가 습격당할 뻔한 것을 하루키가 구해 줬다는 것.

지금까지 하루키가 구해 준 미소녀들은 예외 없이 그에게 반해 버렸다.

그러니까 코유키는 새로운 연적이 생기는 건 아닌지 경계하는 것이리라.

'내가 그런 남자한테 반할 리 없잖아. 걱정도 팔자네, 코유키 선배는.'

리리는 그런 경계는 기우라고 말해 주고 싶었지만, 코유키의 시선은 이미 하루키를 향하고 있었다. 그런데 하루키의 시선은 리리에게 고정되어 있었다.

으으득, 하고 이 가는 소리가 귓가를 스쳤다.

"이렇게 여유 부리다가 쉬는 시간이 끝나겠어요. 빨리 가요."

"으, 응! 알았어."

'성가시게 됐네.'

확연히 심기가 불편해져서 하루키를 데리고 빠르게 교

실을 나가는 코유키.

오해를 풀기는커녕 더 만들어 버린 리리는 "하아" 하고 작게 한숨을 쉬었다.

입학한 지 약 한 달.

고교 생활에도 익숙해지고 교우 관계가 안정되기 시작했을 무렵.

오늘 홈룸 시간에는 월말에 있을 체육 대회에 나갈 종목을 정하고 있었다.

"우선 대표 계주에 나갈 남녀를 한 사람씩 정하자. 나가고 싶은 사람?"

"저요, 저요! 반장, 나 나가고 싶어!"

이날을 누구보다도 고대하던 사이토는 회의가 시작되자마자 당연하다는 듯이 선수를 자청했다.

"그렇게 주장하지 않아도 넌 확정이야. 우리 반에서 달리기가 제일 빠르니까."

"이의 없음."

"야호!"

체력 테스트 종합 1위인 사이토의 출전에 반대하는 사람 없이, 남자 선수는 무난히 결정.

화제는 여자 선수의 선발로 옮겨갔다.

"여자 중에 달리기가 제일 빠른 사람이 누구였지?"

"아야세겠지."

"6.9초였으니까."

"근데 아야세는 나갈 수가 없는 상황이잖아?"

"다들 미안해."

"부상은 누구나 당하는 건데 뭘."

"그래. 신경 쓰지 마."

"그러면 다음으로 발이 빠른 사람은 누구야?"

"몰라."

"야베, 너는?"

"나 이래 봬도 꽤 느려."

이 반의 달리기 에이스는 육상부 소속인 아야세 노조미다.

그러나 그녀는 어제 다리를 다쳐서 체육 대회에 나가기 어려운 상황.

반 친구들은 다음으로 달리기가 빠른 아이가 누군지 찾았지만 좀처럼 이름이 떠오르지 않았다.

1위는 기억해도 2등은 기억하지 못하는 법이다.

대부분이 고개를 갸우뚱하는 가운데, 한 소녀가 손을 들었다.

"저기, 아마 나일 것 같은데."

손을 든 것은 사이토의 눈앞.

소꿉친구 리리였다.

"마치가네가 운동 잘하는 거야 알고 있었지만, 그 정도였다고?!"

"거, 거짓말. 말도 안 돼! 그 몸으로 그럴 리가!"

"어딜 보고 말하는 거야?! 이 변태들!"

""꺄아악——!""

그리고 한바탕 소동이 벌어졌다.

원래 문무를 겸비한 인물이지만, 그녀가 갖고 있는 커다랗고 무거운 것 때문에, 다들 그 정도라고는 생각하지 못한 모양이었다.

"우후후, 그렇다. 리리치. 나이스 보디인 주제에 발도 빠르지. 어떠냐, 놀랐지?"

"슈리 너도 그만 놀려! 부끄럽게."

본인도 그것을 자각하고 있었던 모양이다.

주위의 시선을 조금이라도 피하려고 몸을 움츠렸다.

"에헴. 마치가네, 입후보 고마워. 일단 확인하겠는데, 50m 몇 초야?"

그런 상황을 보다 못한 반장이 리리의 기록을 묻는다.

"7.3초."

"와, 엄청 빠르네……."

"저 몸으로 나보다 2초나 빠르다고?"

"……3초나……입니다?"

"미즈키! 불공평하다고 생각하는 건 이해하지만 정신 차려."

그녀의 기록은 남자가 봐도 상당한 기록이었다.

일부 여학생들은 충격을 받았다.

"아무래도 마치가네보다 빠른 사람은 없나 보네. 그럼 대표 계주는 미나즈키랑 마치가네로 결정."

""""짝짝짝짝.""""

물론 이 기록을 듣고 이의를 제기하는 사람은 없어서 리리가 출전하기로 정해졌다.

"그러면 다음으로 이인삼각 선수를 정하겠어. 나가고 싶은 사람?"

""""저요, 저요, 저요, 저요!!""""

맨 먼저 가장 중요한 종목이 빠르게 결정되었기 때문일까.

긴장된 분위기가 풀려서 다음 종목은 많은 남학생이 손을 들었다.

뭐, 이인삼각은 여자와 짝을 이루는 유일한 종목이니까.

아무튼 활발하다는 건 좋은 일이다.

"리리하고 계주에 나가게 될 줄이야."

소란스러워진 교실을 바라보면서 사이토가 감상에 젖는다.

소꿉친구 소녀도 마찬가지인지 이쪽을 돌아보며 "그러게" 하고 동의했다.

"옛날에는 너 달리기 느렸는데 말이야."

어렸을 때 그녀는 운동을 정말 못 했다.

뭘 해도 어설프고 애초에 몸을 움직이는 데 익숙하지 않은 느낌이었다.

술래잡기를 하면 차이가 너무 벌어져서 도리어 이쪽이 모습을 놓치는 지경.

예전의 자신에게 〈고등학교에서 리리와 대표 계주에 나가게 됐어〉라고 말해도 절대 믿지 않으리라.

"그런데 지금은 반에서 두 번째로 빠르지. 어때, 대단하지?"

"응, 대단해. 어떻게 그렇게 빨라진 거야?"

그런 그녀가 이제는 자신과 같은 무대에 있다.

대체 무슨 일이 있었기에 이렇게까지 성장했는지 궁금해진 사이토는 그 이유를 물었다.

"특별한 건 없어. 전에도 말했지만, 유도를 배우기 시작했을 때 사이토가 아침에 달리기한다길래 나도 아빠랑 같이 가끔 달린 게 다야."

"그런 걸로 이렇게까지 변할 수가 있나?"

그녀의 입에서 나온 것은 뻔한 대답.

사이토가 하고 있길래 시작했다.

그걸로 이렇게까지 변했다는 건 원래 소질이 있었던 것이리라.

외모, 두뇌, 운동 능력 모두 하이 스펙. 이 소꿉친구는 정말 신에게 사랑받고 있다.

사이토에게도 조금쯤 나누어주었으면 하는 생각이 들 정도로.

"덕분에 옛날에는 나와 있던 아빠의 배도 쏙 들어갔지."

"그러고 보니, 마사노리 아저씨는 옛날엔 뚱뚱했었지. 아, 옛날 생각 난다."

단순한 사이토는 질투도 없이 기분 좋게 소꿉친구와 추억을 나누며 한동안 이야기꽃을 피웠다.

"자, 최종 멤버는 이렇게 결정됐어. 각자 잊어버리지 않도록 자기가 나갈 종목을 메모해 놓든가 사진으로 찍어놔."

"사진은 선생님이 나간 다음에 찍으세요. 수업 중 휴대전화 사용은 교칙 위반이니까. 발견하면 혼낼 수밖에 없어요."

"""네."""

다양한 논의를 거쳐 LHR(Long Home Room)도 막바지.

드디어 종목 결정이 끝났다.

칠판에 적힌 내용은 이하와 같다.

──〈대표 계주〉사이토, 리리.

──〈물건 찾기 경주〉사이토, 카이, 슈리, 미나카 외 16명.

──〈줄다리기〉사이토, 카이, 하루키 외 21명.

──〈이인삼각〉사이토, 하루키, 리리, 미나카 외 16명.

──〈태풍의 눈*〉사이토, 슈리 외 18명.

학교 행사라고는 하나 승부가 걸린 일.

승리를 위해 만장일치로 내놓은 결론은 피지컬 몬스터인 사이토를 전 종목에 출전시키는 것.

---

*여러 명이 긴 막대를 함께 들고 달리는 경기.

처음에는 여러모로 밸런스를 고려했지만, 논의 끝에 〈미나즈키가 출전하는 게 좋지 않을까?〉라는 결론에 이른 것이다.

규칙상 그래도 되느냐 하면, 그래도 된다.

한 사람이 최소 2종목 이상에 참가해야 하게 되어 있지만, 그 이상 참가하면 안 된다는 조항은 없다.

그리하여 체육 대회 당일, 사이토는 정신없이 바빠질 것이 확정된 것이다.

"좋아! 열심히 연습하겠어!"

반 친구들의 기대를 받으니 저절로 기운이 솟는다.

사이토는 벨이 울리자마자 체육복을 가지고 교실을 뛰어나갔다.

다음 수업은 기다리고 기다리던 체육이다. 사이토는 누구보다도 빨리 참가하기 위해서 서둘러 탈의실로 향한다.

"시라유리 선배, 안녕하세요."

"안녕, 미나즈키."

도중에 아는 얼굴이 보이자 사이토는 발을 멈추고 인사를 건넸다.

그 상대는 코유키.

사이토보다 한 학년 선배로, 보통은 정숙하지만, 하루키만 보면 주위가 눈에 들어오지 않는 왈가닥 미인.

혼자서 작업도 하고 짐도 나르고, 그것을 도와주면 음료

사이토가 그렇게 말하고 교실을 나가려고 하자 그녀는 아쉬운 표정을 지었다.

"어머, 벌써 가게? 좀 더 즐기고 싶었는데."

"성격도 좋으시네요, 시라유리 선배는."

"그런 말 자주 들어."

계속 후배를 놀리려는 코유키에게 비아냥을 날렸지만, 효과는 없음.

그녀는 즐거운 듯 까르르 웃었다.

사이토는 이날 연상의 무서움을 뼈저리게 느꼈다.

또 너무 거짓말을 하는 것도 좋지 않다는 것도.

"그럼, 수고했어. 점심에 보답품을 가지고 갈게."

"넵. 수고하셨습니다."

할 일이 없어진 코유키와 사이토는 그 자리에서 해산.

그 짧은 시간에 녹초가 되어 버린 기분이지만, 앞으로 기다리고 있는 체육 대회 연습을 생각하니 다소 기분이 나아졌다.

사이토는 인파를 헤치면서 다시 탈의실로 향했다.

"헤이."

"어? 미나즈키. 지금 온 거야? 제일 먼저 교실에서 나갔으면서 늦었네."

탈의실로 들어가자 마침 같은 반 남자아이들이 옷을 갈아입고 있었고, 체육복에 목을 끼운 하루키가 눈을 동그랗게 뜨고 맞이해 주었다.

"도중에 시라유리 선배를 발견해서. 짐을 날라다 주었지."

"그렇구나."

"……치사해. 나도 주스 마시고 싶었는데."

늦은 사정을 설명하자 하루키는 금방 납득했고, 카이는 부러워했다.

"그러면 다음에는 카이가 도와. 당분간 난 됐으니까."

아까 그 일이 없었다면 〈부럽지?〉 하고 신이 나서 자랑했을 것이다.

그러나 지금 사이토에게 그런 여유는 없다.

지친 목소리로 체념한 듯 대답하자 친구들은 눈을 부릅 떴다.

"왜? 무슨 일 있었어?"

무슨 일 있었냐고 물었지만, 자세히 설명하기도 귀찮다.

한마디로 "그냥 여러 가지로"라고 대답하자 역시 친구들.

"그래 뭐, 수고했어."

"……수고했어."

그 이상은 아무것도 묻지 않고 수고했다고만 말했다.

그것이 지친 멘탈을 위로해 준다.

"고마워."

사이토는 짧게 말하고 서둘러 체육복으로 갈아입기 시작했다.

◇

　"자, 오늘은 이인삼각과 태풍의 눈을 연습할 거야. 먼저 이인삼각 멤버는 여기 남아. 어떻게 하는 건지 설명해 줄게. 나머지는 저쪽에 모여 있어. 나중에 그쪽으로도 설명하러 갈 거야."

　준비 체조를 마치자, 체육 선생님이 오늘 연습할 내용에 관해서 설명을 시작했다.

　연습이 없는 학생들은 지시대로 나무 그늘로 이동하고, 이인삼각에 출전하는 학생들만 남았다.

　"좋아. 너희가 이인삼각에 나갈 멤버구나. 너희는 짝을 정할 거야. 여러 사람하고 짝을 지어 보고 누가 제일 잘 맞았는지 정해. 알겠지?"

　"""네!!!"""

　"아아~."

　"싫은데."

　남은 멤버에게 부과된 과제는 짝 정하기.

　설마 모두와 한 번씩 맞춰 볼 줄은 생각도 못 하고 '어떻게든 되겠지'라고만 생각하던 멤버들 사이에서 불만의 목소리가 일부 터져 나왔다.

　그러나 과연 베테랑 교사.

〈안 하면 체육 점수는 없어.〉

점수를 무기로 학생들을 강제로 납득시켰다.

멤버 일동이 어른의 치사함을 배운 뒤, 짝 정하기가 시작되었다.

사이토는 하루키와 같이 주위를 두리번거리면서 짝이 되어 줄 법한 여자를 찾는다.

리리에게 가지 않는 것은 그녀 주위에 이미 남자들이 모여 있어서다.

그 안에 섞여 있다가는 연습 시간이 헛되이 사라질 것이다.

"하루키, 하자입니다."

먼저 짝을 찾은 것은 하루키.

그의 소꿉친구인 아담한 미소녀 아이조노 미즈키가 몰려든 로리콘들을 물리치고 그와 짝을 하자고 온 것이다.

"……아하하."

그러니 미즈키에게 몰려갔던 남자들이 하루키를 살기 어린 눈으로 노려보는 것은 당연한 일.

하루키는 건조한 목소리로 웃었다.

그러나 이런 상황은 지금까지 몇 번이나 경험했기 때문이리라.

"좋아. 하지만 나랑 한 다음에는 다른 녀석들하고도 해야 한다."

"……알겠어입니다."

"우오오오——! 역시 니시조노, 뭘 좀 아는군——!"

"에헴. 미즈키를 설득한 공적으로 이번은 용서하겠노라."

하루키는 다른 남학생들하고도 짝을 이룰 것을 조건으로 미즈키와 짝이 되는 것을 승낙.

미즈키와 로리콘들을 동시에 납득시켰다.

'능숙하네.'

"……잘 모면했네."

"아."

마음속으로 친구의 신묘한 대응에 혀를 내두르고 있는데 옆에서 비슷한 소감이 들려 왔다.

시선을 그쪽으로 돌리자, 리리의 친구인 미나카가 조금 떨어진 곳에 있었다.

아무 생각 없이 그녀를 보고 있다가 눈이 맞아 잠시 침묵이 흐른다.

그러나 이윽고 못 견디겠는지 미나카가 의아한 듯 얼굴을 찡그리며 닫혀 있던 입을 열었다.

"……뭔데?"

입에서 나온 것은 의문의 두 글자.

"아니, 아직 짝이 없는 것 같아서."

그 물음에 사이토가 생각하던 것을 말하자 "지금 시비 거는 거야?" 하며 째려보았다.

사이토로서는 화나게 할 생각은 조금도 없었지만.

일본어는 어렵다.

사이토는 어깨를 으쓱했다.

"딱히 그런 의도는 없어. 그냥 칸자키라면 쉽게 짝을 찾을 것 같은데, 라고 생각했을 뿐이야."

"그래? 유감스럽게도 그런 사람은 없었어. 남자애들은 거의 다 리리나 미즈키랑 하고 싶어 하니까."

나쁜 의도는 없었다고 설명하자 미나카의 미간에 잡혀 있던 주름이 펴진다.

'뭔가 분위기가 좀 부드러워졌는데?'

사이노는 그 반응이 의외였다.

미나카는 남성 혐오에다가 특히 사이토를 아니꼬워하기 때문이다.

분명 얼마 전의 미나카라면 아무리 이유를 설명해도 〈진짜야?〉 하고 의심하면서 계속 째려봤을 것이다.

무슨 계기로 이렇게 됐는지는 몰라도, 그때를 생각하면 한결 나아진 건 분명하다.

"뭐, 저 두 사람에 비하면 한두 레벨 밑이긴 하지."

지금의 미나카라면 즐겁게 대화할 수 있을지도 모른다.

그런 작은 기대를 품고 농담을 날리자 "흥" 하고 가차 없는 발차기가 날아왔다.

"아야, 농담이잖아. 진지하게 받아들이지 말라고."

"여자한테는 해도 되는 농담과 하면 안 되는 농담이 있어!"

"그건 미안. 칸자키도 저 두 사람과 대등하다고까지는 못하겠지만, 얼굴은 예쁜 편이라고 생각해."

"변명도 늦고 심지어 너무 형편없어!"

"아얏!"

발언 철회.

역시 즐겁게 대화하는 것은 무리일지도 모른다.

애초에 성미가 까다로운 미나카와 어린애 같은 사이토는 궁합이 나쁜 것 같다.

"흥, 그보다 리리한테 안 가도 되겠어?"

대화하기가 싫어졌는지 미나카는 리리에게 안 가냐고 묻는다.

그 말에 사이토가 다시 리리 쪽으로 시선을 돌렸는데 여전히 둘러싸여 있다.

"저 인파를 뚫고 가기는 좀. 어차피 한 번씩 하게 돼 있으니까 꼭 지금이 아니어도 되잖아."

"네가 그러고도 리리의 소꿉친구냐? 리리가 난처해하는 것도 안 보여?"

"그건 알지만. 리리라면 저 정도는 괜찮아. 진짜 싫어지면 전부 때려눕힐걸."

지금 리리는 여러 남자에게 둘러싸여 난처한 상황일 것이다.

그러나 그것은 수업 때문이니 피한다고 될 일이 아니다.

일일이 도와주는 것도 한계가 있고, 애초에 예전의 리리 라면 몰라도 지금의 그녀라면 문제없다.

저 정도는 여유롭게 상대할 수 있을 것이다.

그런데도 지금 도와주러 가는 것은 다소 과잉보호다.

그녀를 성장시키기 위해서 지금은 내버려두는 것이 최선이다.

난처해하는 소꿉친구를 밀쳐내는 사이토에게 미나카는 어딘지 납득하기 힘든 표정을 보였지만, 이윽고 땅이 꺼지라 한숨을 내쉬었다.

"후우……. 진짜 소꿉친구구나. 미나즈키랑 리리는."

"뭐야. 리리랑 내가 그렇게나 말했는데 아직도 안 믿는 거야?"

미나카는 사이토와 리리가 소꿉친구라는 것을 새삼 재인식한 모양이다.

사이토와 리리의 거리가 워낙 가까워 서로 사귀는 사이라고 오해받는 경우도 있으니 어쩔 수 없다면 어쩔 수 없는 일이지만.

다만 그 이야기가 한두 번 나온 것도 아닌데 믿지 않고 있었다니, 황당하다.

"조금은. 최면술 같은 걸로 리리를 속이고 있는 건가 했지."

"와, 말이 너무하네."

게다가 믿지 않았던 이유가 너무도 비현실적이어서 그

〈이런 걸 매일 먹을 수 있다니. 난 행복한 놈이야.〉

〈웃~?!〉

캐릭터의 심정 묘사도 잘 되어 있고, 러브코미디에 흔히 있는 전개를 약간 비틀어서 신선하다. 무엇보다도 소꿉친구인 부잣집 장남이 다소 어리바리하고 사이토처럼 연애에 둔감한 점도 좋았다.

히로인의 심정에 너무도 공감되어 자꾸만 고개가 끄덕여질 정도.

그래서일까.

"좋아, 이걸 참고해야겠어."

이 책에 나온 이벤트를 따라하면 사이토가 자신을 의식하게 만들 수 있을 거라는 생각이 들었다.

닫았던 노트를 펼쳐 쓸 만한 것들을 메모해 나간다.

"좋아, 뭔가 잘될 것 같은 기분이야."

달랑 3개였던 작전이 두 배인 6개로 늘어나자, 리리는 대단히 만족스러웠다.

노트를 책상 서랍에 집어넣은 뒤, 침대에 몸을 던지고 눈을 감았다.

다음 날 이른 아침.

평소처럼 도시락을 싸서 역 플랫폼에서 소꿉친구를 기다린다.

그 틈에 리리는 스마트폰의 카메라로 자기 모습을 확인했다.

화면에 비치는 것은 평소와 조금 다른 모습.

평소에는 풀고 다니는 머리를 오늘은 양 갈래로 묶고 패션 안경을 썼다.

물론, 딱히 헌팅당하기 싫어서 변장한 것이 아니다.

이것이 새로운 작전 중 하나.

〈평소와 다른 모습을 한다〉이다.

작전 내용은 제목 그대로.

평소와 다른 복장을 함으로써 사이토의 보는 눈을 바꿔놓는 것이 목적이다.

단, 어중간하면 눈치채지 못할 가능성이 있으므로, 교칙의 범위 내에서 가능한 한 이미지를 바꿔 본 결과가 이것이다.

정통파 금발 미소녀에서 책을 한 손에 들고 창가에 서 있을 법한 문학 미소녀로 완벽하게 스타일 체인지.

상당한 갭을 느낄 수 있으리라.

"저기, 잠깐 괜찮아?"

"……."

사이토의 보는 눈도 조금쯤 바뀔지도 모른다. 리리가 내심 초조해하고 있는데 낯선 남자가 말을 걸어왔다.

살짝 올라가 있던 입꼬리를 순식간에 경직시키면서, 푸

르고 차가운 눈동자를 상대에게 향한다.

보니, 두 정거장 떨어져 있는 사립 고등학교에 다니는 얌전해 보이는 남고생.

"호, 혹시 괜찮으면 말이야, 로터리에서 차 한 잔 어때? 아까 읽던 책, 나도 읽은 거라 같이 얘기를 나누고 싶어서. 그 책 읽는 사람 별로 못 봤거든."

말을 걸어온 것은 시간을 때울 겸 읽고 있던 책이 이유인 듯하다.

자기 가방에 들어 있는 책을 슬쩍 봤더니 《아지랑이인 너와 매미인 나》라는 아빠가 몇 년 전에 냈던 대히트작이.

'하, 또 시작이구나.'

확실히 순문학을 읽는 고등학생은 얼마 없으리라.

하지만 이 책은 출판된 지 2주일 만에 재고가 바닥나서 TV 뉴스에도 나올 정도였던 작품이다.

리리 말고도 읽는 사람이 그럭저럭 있을 텐데, 굳이 말을 걸어온 것은 틀림없이 헌팅이다.

아무래도 소꿉친구의 보는 눈을 바꾸기 전에 주위에 있는 남자들의 보는 눈을 바꿔 버린 모양이다.

복장이 얌전한 걸 보고 한번 찔러 보면 되겠다 싶었던 것이리라.

만약 정말로 그렇게 생각한 거라면 리리로서는 대단히 불쾌하다.

게 되리라.

"……아하하."

서로 소꿉친구를 공략하는 것은 고생일 듯하다.

그렇게 생각하자 저절로 건조한 웃음이 나왔다.

"……갑자기 왜 웃어?"

"……친구의 험한 앞날을 생각하니까 나도 모르게 그만."

"……뭔 소리야?"

상황을 이해하지 못하는 사이토는 머리 위에 물음표를
띄울 뿐이었다.

"회장, 어제는 미안했어! 다친 데는 괜찮아? 꽤 세게 맞은 것 같은데."

"그 정도는 괜찮아. 신경 쓰지 마."

"정말? 그럼 다행이고. 머리를 식히고 나니까 내가 무슨 짓을 한 건가 싶더라고. 어제는 신경이 쓰여서 잠도 다 설쳤어."

"그만큼 반성하고 있다면 벌은 충분히 받은 것 같군. 하지만 또 같은 짓을 했다가는 내가 선생님한테 반성문 10장을 내 주라고 말할 거니까 명심해."

"헉! 알았어. 다시는 안 그럴게. 아무튼 고마워, 회장. 다른 멤버들한테도 분위기 험하게 만들어서 미안하다고 사과해야 하니까 난 이만."

"응, 성심성의껏 하고 와."

"회장~. 손 비었으면 이 텐트 세우는 것 좀 도와줘~. 나 혼자서는 못하겠어."

"알았어. 노노하라, 나머지는 나한테 맡겨."

"자, 잠깐, 회장! 회장은 일단 부상자니까 힘쓰는 일은 나한테 맡겨. 자, 앉아, 앉아."

"하지만 너, 나보다 힘 못 쓰지 않냐?"

"큭. 확실히 회장보다는 근육이 없는 멸치지만, 텐트 치는 것쯤은 할 수 있어. 그러니까 회장은 접수나 맡아."

"노노하라. 미안하지만, 그럼 부탁해."

"회장한테는 큰 은혜를 입었으니까 이 정도는 당연하지. 좋아, 카와타, 거기 잡아. 내가 반대쪽에서 들어 올릴게."

"오케이~."

"……평소의 회장으로 돌아왔네."

방과 후.

이날 소꿉친구 리리를 두고 먼저 계주 연습을 하러 온 사이토는 타쿠미의 모습을 보고 혼자 그렇게 중얼거렸다.

어제의 그 차갑던 모습이 거짓인 것처럼 학생 및 학생회 멤버들과 평범하면서도 따뜻한 대화를 나누고 있다.

이것이 평소의 타쿠미다.

즉, 어제의 그것은 단순히 평소와 다르게 기분이 언짢았을 뿐인지도 모른다.

그렇게 생각했을 때, 코유키가 타쿠미에게 달려갔다.

"회장님. A블록은 텐트 설치 끝났어요."

"그럼 다른 블록에도 전부 설치하도록. 내일 비가 온다고 하니, 기자재를 그대로 놔둘 수는 없어. 서둘러."

"전부요?! 네, 알겠습니다. 아, 저기, 어제는 죄송했어요. 회장님을 귀찮게 만든 것도 모자라서 다치기까지 하시고. 진심으로 사과드려요."

코유키가 타쿠미를 찾아온 것은 보고와 사과를 위해서였던 모양이다.

그녀가 깊이 머리 숙여 사과하자 타쿠미의 안색이 창백해졌다.

"됐어. 대신 앞으로는 귀찮은 일에 끼어들지 마. 싸움도 말리지 못하면서 끼어들어 봤자 방해니까."

코유키는 모두가 망설이는 가운데, 자신이 용기 내서 한 행동을 쓸데없는 짓이었다고 잘라 말하는 타쿠미에게 할 말을 잃었다.

"그런……."

"후, 그 남자의 영향인가? 진짜 한심하군."

"하루키를 나쁘게 말하지 마세요!! 용감한 행동으로 도움받은 사람도 있으니까요."

"그럴지도 모르지. 하지만 네 행동으로 뭐가 바뀌었지? 아무것도 안 바뀌었잖아. 전부 무의미한 짓이야."

"!"

"남자한테 빠져 있을 시간이 있으면 자기 자신이나 갈고 닦아라. 혹시 모르지. 언젠가 바꿀 수 있을지."

시무룩한 코유키는 아랑곳하지 않고 매우 담담하게, 그러면서도 비아냥이 담긴 날카로운 말을 쏘아댄다.

"……왜 그런 말을……. 아니에요, 말씀 감사합니다. 전 텐트를 설치하러 이만 실례하겠습니다."

참다못한 코유키는 얼굴을 슬픈 듯 일그러뜨리고 도망치듯 그 자리를 뒤로했다.

'역시 이상한데? 명백하게 시라유리 선배한테만 못되게 굴잖아?'

하마터면 착각인 줄 알고 넘길 뻔했지만, 착각이 아니었다.

타쿠미는 코유키를 대할 때만 심하게 군다.

이유는 알 수 없다.

똑같이 대그룹을 경영하는 집안의 자식으로 태어난 동족 혐오인지, 아니면 사이토가 모르고 있을 뿐 코유키가 타쿠미에게 미움받을 짓을 한 것인지.

다만, 자신이 좋아하는 사람들의 사이가 나빠지는 걸 보고 있으면 기분이 안 좋다.

그것뿐이다.

"회장님, 방금 그 태도는 뭐예요?"

사이토는 참다못해 타쿠미에게 대들었다.

그러자 타쿠미는 눈을 동그랗게 뜨더니 이내 일이 귀찮게 됐다는 듯이 얼굴을 찡그렸다.

"그걸 봤나?"

타쿠미는 재차 확인하듯 코유키와의 대화를 들었는지 확인했다.

"네. 왜 시라유리 선배한테만 그렇게 대하세요? 회장님

답지 않게."

"후우."

사이토가 기세 좋게 고개를 끄덕이자, 타쿠미는 피곤한 듯 큰 한숨을 내쉬더니 "꼴사나운 모습을 보였군. 미안하다" 하고 사과했다.

아니다.

사이토가 원하는 건 사과가 아니다.

코유키와의 관계에 대해서다.

사과받고 싶은 마음은 요만큼도 없다.

"왜 시라유리 선배한테만 심하게 대하는지 알려달라고요."

책상을 쾅 내리치며 재차 따져 묻는다.

스스로 깨달을 만큼 강하게 압박하면서.

사이토는 타쿠미에게 이유를 말하라고 다그쳤다.

"……넌 알 거 없다."

그러나 타쿠미는 강하게 압박해 들어오는 사이토 앞에서도 완강히 입을 열지 않는다.

어른들처럼 넘어가려고 한다.

사이토는 그것이 몹시 거슬렸다.

괜히 어른 흉내를 내는 것 같아서 재수 없다.

'반드시 알아내고야 말겠어.'

"아니요. 있어요. 전 시라유리 선배하고도 회장님하고도 친한데, 친구끼리 사이가 나쁜 건 친구로서 두고 볼 수 없다고요. 그러니까——."

사이토는 약이 올라서 타쿠미에게 재차 다그친다.

그때 "어이, 그만해라. 1학년 애송이" 하고 그 자리에 어울리지 않는 느긋한 목소리가 들리더니 누가 체육복 자락을 잡아당겼다.

간신히 머리를 움직여 뒤를 확인하자, 요전에 봤던 학생회 멤버인 근육맨 선배가 사이토의 목덜미를 움켜잡고 있었다.

"——뭐, 뭐예요?! 지금 얘기 중이니까 방해하지 마시죠."

"어이쿠. 힘은 더럽게 세네. 어이, 하마구치, 이 녀석 끌어내는 것 좀 도와줘. 대체 무슨 힘이."

"와. 고릴다가 애를 먹다니, 보통이 아닌가 보네. OK. 후배님, 미안. 체포 좀 할게."

"저기요?! 어째서 학교에 수갑을 갖고 다니는 건데요?"

사이토는 구속을 풀려고 안간힘을 썼지만, 저항은 소용없었다.

새로 나타난 학생회 멤버인 냉소적인 분위기의 여학생에 의해서 두 손과 두 발에 수갑이 채워지고 말았다.

왜 이런 게 학교에 있냐고 눈을 부릅뜨자 "부모님 덕분에. 언제든지 플레이할 수 있도록 가지고 다니지!" 여자 선배는 수갑을 빙빙 돌리면서 냉소적으로 웃는다.

'히이익, 이 사람, 제정신이 아니야!'

등골이 오싹해지면서 본능이 위험을 알렸다.

"그럼 이 녀석은 우리가 알아서 할 테니까 회장은 접수 부탁해."

"교육은 맡겨둬."

"낑낑! 똑똑히 기억해 두세요. 반드시 알아내고――."

"그래그래. 우리 좀 조용히 하자."

"으아악――!"

이미 늦었다.

진짜 수갑을 풀 수 있을 리 만무하다.

사이토는 근육맨 선배와 냉소적인 선배에게 번쩍 들려 어딘가로 끌려갔다.

"……적당히 해."

그때, 사이토의 압박으로 궁지에 몰려 있던 타쿠미가 동정하던 것만이 묘하게 기억에 남았다.

"이쯤이면 되겠어."

"응."

"으악! 아얏, 머리 부딪쳤잖아요."

사이토는 아무도 없는 학교 건물 뒤로 끌려가서 땅바닥에 내동댕이쳐졌다.

그때 머리를 땅바닥에 부딪쳐 꿈틀거리고 있는데 수갑을 푸는 소리가 났다.

"엥? 너무 빨리 풀어 주는 거 아니에요?"

설교가 끝날 때까지 이 상태로 있을 줄로만 알았던 만큼 골탕을 먹은 기분이다.

"여기로 오는 동안 그럭저럭 진정됐잖아? 게다가 도망쳐 봤자 금방 도로 잡힐 텐데, 뭐."

"옳은 말씀. 건물 뒤에서 후배를 구속했다는 소문이 퍼지면 곤란하기도 하고."

"구속해서 끌고 온 시점에서 그건 이미 늦은 거 아닙니까?"

"아, 그런가. 하지만 난 자주 있는 일이라 상관없어."

"상관없다고요?"

"상관없어. 이 고릴다. 그러니까 고다도 몇 달 전에 구속 당해서 동물원의 고릴라라는 타이틀로 사진이 찍힌 적 있었지."

"지금 생각해도 너무하군."

옛날을 회상하고 깔깔 웃는 고다와 하마구치.

이 모습을 보아하니 그리 오래 구속할 생각은 없었던 것 같다.

'위험한 사람이라고 의심해서 죄송합니다.'

사이토는 마음속으로 하마구치에게 사과하면서 "저기, 궁금한 게 있는데" 하고 말을 꺼냈다.

"시라유리 선배하고 회장은 왜 그런 거예요? 시라유리 선배는 평범한 사이라고 했지만, 전 저게 도무지 평범해 보이지 않거든요?"

"음. 뭐, 틀린 말은 아니지. 사실 두 사람이 저렇게 된 건 최근이거든. 그전에는 평범한 선후배 사이였어."

"그래요?"

두 사람의 관계성에 관해서 물어보았더니, 코유키의 말대로 두 사람의 관계는 나쁘지 않았던 것 같다.

그렇다면 왜 지금처럼 험악한 관계가 되었느냐.

그 원인을 묻자 두 사람은 난처한 웃음을 지었다.

"뭐, 여러 가지가 있었지. 그 둘은 오래된 사이니까."

"태어났을 때부터 위에 있는 사람은 어려운 법이지."

"빙빙 돌리지 말고 알려주세요. 아니, 애초에 알려주려고 데려온 거 아니에요?"

빙빙 돌리는 것 같으면서도 어딘가 의미심장한 말을 하는 선배들.

분명 뭔가가 있다.

그러나 빙 돌려 하는 말에 익숙하지 않은 사이토는 아무리 해도 알아들을 수가 없다.

어차피 알려줄 거면 시원하게 말해 달라고 항의했다.

"바보냐? 그럴 리가 있겠냐? 회장하고 일단 떼어 놓아서 머리를 식히게 하려고 데려온 거지. 그냥 뒀다가는 싸움 날 것 같으니까."

"그리고 남의 프라이버시를 함부로 말할 리가 없잖아."

"와, 그런 게 어디 있어요~. 선배들, 치사하네요."

"우리는 회장 편이니까 당연하지."

"회장이 그렇게 정했으면 따라가는 거야. 우리는 학생회에 들어간 시점에서 그렇게 정했어."

그러나 타쿠미를 진심으로 사랑하는 두 사람은 사이토의 항의를 들어주지 않았다.

어디까지나 이들은 타쿠미 편. 입장을 고수한다.

그러나 두 사람도 역시 생각하는 바는 있는지, 분위기가 바뀌었다.

"하지만 우리는 회장의 의사를 존중하긴 해도 납득하진 않아. 그래서 말인데, 후배한테 갑자기 이런 말을 해서 미안하지만, 부탁이 하나 있어."

"뭔데요?"

"회장하고 코유키가 깨닫게 해줘."

"부탁할게."

지금까지의 꼿꼿했던 태도에서 어딘가 의지하는 듯 간절한 태도로.

덕분에 그들이 진심으로 사이토에게 뭘 원하는지가 전해져 왔다.

단, 내용이 아직 너무 추상적이었다.

"깨닫게 하다니요, 뭘요?"

"미안. 거기까진 말 못 해. 하지만 회장과 코유키한테 정면으로 대들 수 있는 너라면 할 수 있을 거야."

"우리 말은 안 통해. 그러니까 파이팅. 너만 믿는다."

두 사람은 영문을 몰라 머리를 굴리는 사이토에게 응원을 남기고 어딘가로 가 버렸다.

그러나 아직 묻고 싶은 것이 있는데 가 버리면 곤란하다.

"앗, 잠깐만요. 기다려요! 아직 발은 안 풀어 줬잖아요! 선배님들!"

사이토는 두 사람을 쫓아가려고 했지만, 수갑이 풀어진 것은 손뿐이고 발은 그대로였다.

덕분에 사이토는 철푸덕 넘어지고 말았다.

필사적인 부름도 소용없이 하마구치와 고다는 시야에서 사라지고 말았다.

"⋯⋯실화냐."

"어? 이토치, 이런 데서 뭐 해?"

"학교에서 수갑 놀이라니, 좀 깬다."

"그런 거 아니야! 엄청난 오해라고!"

그 자리에서 혼자 넋을 놓고 있다가 우연히 지나가던 슈리와 미나카에게 목격당하고 말았다.

젠장.

사이토를 보는 두 사람의 눈이 완전히 변태를 보는 눈이다.

사이토가 필사적으로 경위를 대강 설명했더니, 아무래도

선배들이 말한 대로 이 학교에서는 흔한 일인 모양이다.

""아, 그거구나.""

이렇게 납득해 주었다.

당연히 그걸로 되느냐는 생각이 들지 않는 것은 아니지만 지금은 긴장 상태다.

이해해 주는 것만으로도 고마웠다.

"그러니까 열쇠 좀 가져와 줘, 부탁이야!"

"오케이. 그럼 내가 달려가서 불러올게. 이토치, 선배 이름 알아?"

재빨리 열쇠를 가져다 달라고 부탁하자 슈리가 나서 주었다.

"여자 선배였는데 이름은 기억 안 나. 남자 선배는 고릴 다라고 했는데, 임팩트가 강해서 기억하고 있어."

"오케이. 일단 고리 선배를 부르면 되는 거군. 그럼 다녀 올게~."

열쇠를 가지고 있는 하마구치의 이름을 잊어버려서 같이 있던 고다의 애칭을 알려주자, 슈라는 씩씩하게 대답하더니 운동장 쪽으로 달려갔다.

남겨진 미나카는 그것을 지켜보다가 다시 사이토를 돌아보고 자세한 설명을 요구했다.

"슈리가 돌아올 때까지 할 일도 없으니까 좀 더 자세히 얘기해 봐."

"아, 알았어."

사이토는 고개를 끄덕이고, 이번에는 무슨 일이 있었는지 자초지종을 자세히 설명한다.

코유키와 타쿠미의 관계가 험악하다는 것을 깨달은 것에서부터 마지막에 부탁받은 일까지 전부.

"그렇군."

자초지종을 다 들은 미나카는 고개를 끄덕이더니 이윽고 불쑥 "……그러고 보니 그 두 사람" 하고 의미심장한 말을 흘렸다.

"칸자키, 너 뭐 아는 거 있어?"

"모, 몰라."

사이토가 뭔가 아는 듯한 미나카를 다그치자, 그녀는 아차 하는 얼굴이 되더니 이내 먼 산을 바라본다.

사이토는 미나카는 추리물의 범인으로 나오면 절대로 안 되는 타입이라고 생각했다.

둔한 자신에게조차도 거짓말을 빤히 들켜 버리니까.

의외로 허당인 그녀에게는 너무 무거운 짐이다.

덥석.

도망가지 못하도록 미나카의 양쪽 어깨를 붙잡아 현행범 체포.

"분명히 뭔가 알고 있어. 부탁이야. 지금은 어떤 정보든 필요해! 칸자키, 알려줘. 알려주면 뭐든 해줄게."

"아, 알았으니까 어깨 좀 놔줘. 너 무식하게 힘만 세잖아."

"아, 미안."

얼굴을 빤히 들여다보면서 심문하자 그녀는 순순히 입을 열었다.

정말이지 미나카는 범인에는 어울리지 않는다.

천성이 착하다고 생각하면서 사이토는 두 손을 놓았다.

"알려주기 전에 말해 두는데, 어디까지나 전해 들은 이야기야. 진짠지 아닌지는 나도 몰라."

"응, 그래도 상관없어."

"……알았어. 그 두 사람, 얼마 전에 약혼 이야기가 오갔다나 봐."

신신당부 뒤에 그녀의 입에서 나온 것은 평범한 고등학생과는 거리가 먼 이야기.

"약혼? ……허! 약혼이라니, 지, 지, 진짜야?! 그 두 사람이 겨겨겨결, 혼한다고?!"

사이토는 자신의 세계와는 너무나도 동떨어진 이야기에 얼빠진 비명을 질렀다.

"바, 바보야! 목소리 낮춰. 어디까지나 그런 이야기가 오갔다는 소문이야. 실제로 약혼한 게 아니라고. 그렇지 않으면 코유키 선배가 니시조노랑 어떻게 그렇게 꽁냥거리겠냐."

"그건 그렇네. 결혼이 확정이라면 그럴 수 없지."

"그치? 좀 진정해."

미나카는 당황한 사이토를 진정시키려고 달래지만, 한 번 패닉에 빠지면 쉽게 돌아오지 않는 법.

머릿속에서 몇 번이고 같은 단어가 맴돌고, 그때마다 사고가 뒤죽박죽된다.

사전에 사실이 아닐 가능성이 있다는 말을 듣고 어느 정도 마음의 준비는 하고 있었지만, 이건 완전히 허용량 초과.

'아니야, 이건 아니야. 고등학생이 결혼이라니 너무 일러.'

사이토에게 결혼이란 어른이 하는 것.

친구들로부터 연애 이야기를 가끔 듣는 해도 아직 어린애인 사이토에게는 그렇게까지 명확한 비전이 없었다.

단지 지금이 즐거우면 된다.

나중 일은 나중에 생각하면 된다.

그런 어린애 같은 찰나적인 생각으로 살아온 사이토에게 결혼이라는 단어는 충격적이었다.

나도 어린애로 있을 순 없어.

사이토의 마음속에 그런 초조함이 조용히 뿌리내렸다.

"야~! 이토치~. 열쇠 가져왔어~."

"으, 응. 고마, 워. 야쿠모."

동요가 가라앉지 않는 가운데, 슈리가 열쇠를 가지고 돌아왔다.

뚝딱거리는 사이토를 보고 슈리가 "푸흡" 하고 웃음을

터트린다.

"뭐야! 이토치, 왜 로봇이 됐어? 웃기다. 미나치, 너 대체 뭘 한 거야? 인체실험이라도 했어?"

"그런 걸 할 수 있을 리 없잖아. 그냥 뭘 좀 가르쳐 줬더니 고장 난 장난감처럼 됐어."

"큰일, 났다, 열쇠가 안 들어, 가."

"헐~. 대체 뭘 가르쳐 준 거야? 나도 친하니까 나도 알려줘라."

슈리는 잠시 떨어져 있는 사이에 사이토를 변신시킨 미나카의 이야기에 흥미진진.

미나카에게 뱀처럼 스르르 감긴다.

"……비밀로 하면 안 될까?"

"그렇게 귀엽게 말해도 소용없어~. 불 때까지 겨드랑이 간지럼형 결정! 오랜만에 해 볼까~."

도망갈 수 없음을 직감한 미나카가 제발 봐달라고 빌지만, 그다음에 돌아온 것은 무정한 대답.

슈리는 고양이처럼 눈을 가늘게 뜨더니 목에 둘렀던 팔을 허리까지 내렸다.

"꺅, 아하, 하하, 잠깐, 거긴, 치사해――! 슈리, 하하, 반칙!"

"어이~ 어이~, 그만하고 싶으면 빨리 불어, you. 3단계 진화가 더 남은 거 알지? 참으면 참을수록 괴로워진다~.

얼른 불지 못해? 간질간질."

"꺄악. 아, 알았어. 그러니까, 그만해——!"

슈리의 간질간질 공격에 미나카는 싱겁게 함락.

"헉— 헉—."

"후훗. 나한테 걸리면 이렇게 된다고."

채 몇 분도 안 걸려 반죽음이 된 미나카를 보고 슈리는 만족.

"열쇠가, 안, 들어가."

"아직도 못 풀었어?! 이토치, 내가 해줄 테니까 이리 줘."

사이토가 바로 옆에서 아직도 열쇠를 넣지 못해 낑낑거리는 것을 보고 슈리는 황당해하며 수갑을 풀어 주었다.

그 뒤 미나카는 다시 한번 타쿠미와 코유키의 혼담이 오갔을지도 모른다는 것을 설명했다. 슈리가 "대, 애, 애, 박. 그, 거 지, 진, 짜야?!", "그, 그, 그치?" 하며 사이토처럼 몹시 동요하여 로봇이 두 명으로 늘어났다. 미나카는 "이래서 얘기 안 하려고 했던 건데." 하며 한숨을 푹 내쉬었다.

"고등학생이 약혼이라니. 부자들은 생각하는 게 다르네~."

"그러게 말이야."

얼마 뒤, 정신을 차린 사이토와 슈리는 나란히 계단에 앉아 자판기에서 뽑은 차를 마시고 있었다.

모습이 완전히 시골 할아버지와 할머니였다.

꼴찌로 차를 뽑아서 돌아온 미나카는 어이없는 표정을 지으며 슈리의 옆에 앉았다.

"그런데 이건 내 생각인데, 그 두 사람이 약혼하는 메리트가 있나? 아빠랑 엄마가 양쪽 그룹사에서 각각 일하시는데 둘 다 잘 나간다면서? 드라마에 흔히 나오는 이익을 위한 정략결혼이 크게 의미가 있나 싶은데."

페트병에 든 차를 반쯤 마신 뒤, 슈리가 입을 열고 의문을 제기했다.

"그, 그건……."

그 말에 다시 동요하는 미나카.

옆에 있던 사이토와 슈리의 눈이 날카롭게 빛난다.

"오, 아직 뭔가 알고 있군! 이토치, 가랏. 포박 공격. 나는 그다음에 다시 한번 간질간질 공격이다."

"예!"

"뭐가 '예'야! 얌전히 가르쳐 줄 테니까 그만둬. 두 번은 무리라고."

죽이 잘 맞는 사이토와 슈리가 짝짜꿍이 되어 간질간질 지옥을 준비하자 미나카가 백기를 들었다.

"쳇, 좋다 말았네~. 자, 어디 불어 봐, 미나카."

"아는 대로 다 불어라."

미나카를 좀 데리고 놀고 싶었던 두 사람은 아쉬운 기색으로 빨리 설명하라고 독촉.

"웬 양키 말투? 뭐, 그건 됐고. 이번 건 조사하면 아는 사실인데, 시라유리 그룹의 대표와 호조 그룹의 대표는 옛날부터 친한 사이래. 그래서 나이가 비슷한 자식이 있으면──."

"아하, 만화에도 있잖아. 〈옳거니, 이 녀석들 나이도 비슷한데 약혼시키세〉 하는 거. 그렇구만~. 아까 그 소문은 이런 정보가 있어서 퍼졌나 본데."

"……응, 아마도."

"아, 미나치. 지금 '그렇구나' 하는 표정 했지?"

"아니야! 일일이 지적하지 마, 슈리."

"아하하, 미안 미안. 미나치는 귀여워서 자꾸 괴롭히고 싶단 말이야."

"쉽게 말해서 무슨 얘기야?"

"간단히 정리하자면, 회장하고 부회장이 소꿉친구라는 거야. 거기다 덧붙이자면 어쩌면 두 사람의 부모님이 장난으로 말했을 가능성이 있다는 것. 그리고 주변 사람들이 그럴 가능성을 떠올리고 지금 우리처럼 호들갑을 떨었다는 거지."

"아하. 정리해 줘서 고마워. 응?! 그 두 사람 소꿉친구라고?!"

새로 얻은 정보도 충격적이었다.

약혼 이야기는 아직 거짓일 가능성이 있었지만, 타쿠미

와 코유키가 소꿉친구라는 지금 말은 진짜인 듯하다.

사이토는 저도 모르게 깜짝 놀라서 벌떡 일어나고 말았다.

"충격적인 사실이네~."

"응…… 하지만 소꿉친구면서 왜 그렇게 무섭게 대하는 거지? 보통은 더 사이가 좋잖아. 더 알 수가 없네."

사이토로서는 소꿉친구를 그렇게 대하는 일은 있을 수 없다.

성가시다고 생각하는 일은 물론 있지만, 그 이상으로 같이 있으면 즐거운 존재다.

싸우면 확실히 밀어내기는 하리라.

그러나 타쿠미만큼 코유키를 거절하지는 않을 것이다.

관계가 단절될지도 모를 정도라면 더더욱.

"회장도 사춘기인가 보지 뭐."

"그건 또 무슨 뜻이야?"

"좋아하는 사람이 오해받지 않게 하려고 일부러 그럴지도 모른다는 거지. 부회장과 사이좋게 지내면, 사람들이 약혼 소문을 진짜라고 생각할 거 아니야. 그게 싫은 거 아닐까?"

"그런가?"

"그런 걸 거야. 중학교 때 수많은 연애 상담을 들어온 내가 하는 말이니까 틀림없어."

"오. 그럼 신빙성이 있네."

그러나 자신보다 이런 일에 익숙한 슈리가 그럴 수 있다
고 말한다면 틀림없으리라.

"그러는 본인도 한 번도 사귄 적 없지만."

"자, 잠깐. 미나치, 그건 말 안 하기로 약속했잖아?!"

……아마도.

미나카가 내뱉은 한마디로 사이토의 마음속에서 슈리에
대한 신뢰도가 뚝 떨어졌다. 사이토는 하나의 의견으로만
생각하기로 했다.

해가 저물기 시작한 18시 전.

"부회장. 이거 어디로 옮기면 돼?"

"그건 저쪽에다 부탁해요."

"부회장, 이거 부품이 없는데. 아직 창고에 여분 있어?"

"있어요. 만일을 대비해서 창고에 여분이 몇 개 있어요. 제가 가져올게요."

"아니야, 괜찮아. 있는 거 알았으니까 됐어. 나머지는 우리가 할 테니까 부회장은 다른 사람들이 농땡이 못 치게 감시나 해. 이 속도면 어떻게든 되겠지만 누가 농땡이라도 치면 제때 못 끝낼 테니까."

"알겠어요. 고맙습니다."

코유키는 텐트 설치 작업을 지휘하고 있었다.

이틀에 나누어 설치할 예정이었지만, 내일 비 예보가 있어서 서두르는 바람에 현장은 분주했다.

도와주러 온 선배들은 오늘 안에 마칠 수 있다고 했지만, 이 속도라면 틀림없이 오늘을 넘길 것이다.

어떻게든 해야 하는데, 이 이상은 인원을 늘릴 수 없다.

이 시간대에 남아 있는 학생은 거의 없다. 있는 것은 동아리나 계주 연습에 지친 학생뿐.

그런 그들에게 텐트 설치를 도와달라고는 차마 할 수 없다.

"으음…… 큰일이네."

"코유키 선배, 괜찮아요?"

어떡하나 발을 동동 구르고 있는데 가장 듣고 싶었던 목소리가 들렸다.

"하루키! 그리고 미즈키. 여긴 어쩐 일이야?"

뒤를 돌아보자, 거기에 코유키의 짝사랑 상대와 라이벌이 있었다.

"선생님을 도와드리려고 남아 있었는데 이 시간에도 작업을 하는 걸 보고 신경 쓰여서요."

"같이 도와드리려고 왔어요입니다."

평소에는 방과 후에 곧바로 돌아가는 두 사람.

그러나 오늘은 웬일로 학교에 남아 있었던 모양이다.

코유키는 두 사람의 배려에 가슴을 두근대며 그들에게 달려가서 와락 끌어안았다.

"고마워!"

"우왓!"

"숨 막혀요입니다."

양옆에서 느껴지는 두 사람의 온기에 차가웠던 마음이 따뜻해지는 기분이다.

이 두 사람은 정말로 따뜻하다.

평소에는 연적이라 서로 으르렁대지만 진짜 곤란할 때는 도와주는 미즈키.

〈아마 선배라면 혼자서도 괜찮을 거예요. 하지만 혼자 몇 시간이나 작업하는 건 쓸쓸하죠.〉

아무도 알아주지 않았던 코유키의 본심을 알아채고 늘 따뜻하게 손을 내밀어 주는 하루키.

〈지금 일 때문에 바빠. 할 말 있으면 나중에 해줄래?〉

〈이런 거 만들 시간 있으면 다른 일을 해.〉

〈후, 길가의 꽃으로 만든 걸 선물이라고 가져오지 마. 시라유리 그룹의 체면이 있지.〉

온기라고는 없이 차갑게만 대하는 부모님이나 타쿠미와는 다르다.

코유키는 인간미 넘치는 그들이 너무 좋다.

'절대 놓치지 않을 거야.'

"숨이 안 쉬어져요입니다."

"무슨 일 있었어요?"

"미안. 아무것도 아니야. 그냥 두 사람이 와 준 게 너무 기뻐서."

무의식적으로 두 사람을 너무 세게 끌어안은 모양이다.

코유키는 두 사람에게서 얼른 떨어져 평소처럼 군다.

희미하게 떨리는 가슴을 뒤에 감춰 둔 채.

"그럼 이렇게 돕겠다고 찾아온 두 사람의 온정을 생각해서,

저쪽에 있는 두 사람을 도와줄래? 두 사람만으론 옮기는
건 가능해도 설치까지는 무리거든."

그러나 더 길게 말하다가는 들켜 버릴지도 모른다.

하루키는 연애에는 둔하면서 묘한 곳에서 날카로운 것
이다.

코유키는 들키기 전에 두 사람에게 지시를 내렸다. 하루
키와 미즈키는 "알겠습니다", "맡겨 주세요입니다" 하고는
텐트를 치고 있는 선배들에게 합류했다.

"후우."

"피곤하세요, 시라유리 선배?"

"꺅?! 미, 미나즈키! 왜 여기 있어?"

이제 마음의 준비를 할 수 있겠다. 그렇게 생각한 순간,
등 뒤에서 갑자기 후배가 나타나 코유키는 비명을 질렀다.

"연습이 끝났는데도 아직 하고 있길래요. 손이 부족한가
해서 왔죠. 그렇게 놀라실 줄은 몰랐어요."

"소꿉친구 녀석이 폐를 끼쳐서 죄송합니다. 그만큼 열심
히 일하게 할 테니 용서해 주세요."

고개를 돌리자, 겸연쩍은 표정을 짓는 사이토의 머리를
꽉 누르는 마치가네 리리의 모습이 있었다.

"아, 사과할 정도는 아닌데. 마음은 고마워. 하지만 두
사람 다 연습하느라 지치지 않았어? 우리는 신경 쓰지 말
고 집에 가도 돼."

뜻밖의 방문자에 당황하는 코유키.

작은 타산과 순수하게 몸을 걱정하는 마음에서 두 사람을 완곡하게 거절했다.

"괜찮아요. 아침마다 달려서 그 정도 연습으로는 부족할 정도인걸요."

순수한 남자 후배는 그런 코유키의 의도도 눈치채지 못하고 아직 쌩쌩하다며 쾌활하게 웃었다. 코유키는 입꼬리를 살짝 경직시킨다.

"오늘은 배턴 패스 연습이라 저도 별로 피곤하지 않아서 괜찮아요. 하지만 방해가 될 것 같으면 제가 책임지고 데리고 갈게요."

"야, 리리. 내가 방해된다니 무슨 소리 하냐? 매년 크고 작은 텐트를 치는데. 저 정도는 껌이라고."

"거짓말. 캠핑 때 위에 커버 씌우는 거 까먹어서 대참사 냈으면서."

"그건 그냥 깜빡한 거지. 평소에는 그런 실수 안 해."

그와는 대조적으로 리리는 코유키가 싫어하는 걸 알아챘는지 어떻게든 데리고 돌아가려고 했지만, 사이토는 돕겠다는 의욕 만만이다. 물러설 기색이 보이지 않는다.

"그럼 다행이지만. 저기, 그래도 도와드릴까요?"

리리도 안 되겠다 싶은지 포기하고 머뭇거리며 코유키의 의중을 확인한다.

이렇게 되면 NO라고는 하기 어렵다.

"응, 괜찮아. 사실 부끄럽지만 고양이 손이라도 빌리고 싶을 정도라 고마워. 그럼 미나즈키와 마치가네는 저기 입구 근처에 상급생 두 명이 있으니까, 그 두 사람을 도와서 텐트를 쳐 줘."

"옙. 좋아, 가자 리리. 우리 힘으로 후딱 끝내 버리자고."

"네네. 그럼 실례할게요."

사이토와 리리에게 하루키와 미즈키가 있는 반대쪽으로 가라고 지시하자, 한쪽은 의기양양하게, 다른 한쪽은 진심으로 걱정스러운 표정으로 고개를 숙인 뒤 그쪽으로 갔다.

'……최악이네, 나.'

혼자 남은 코유키는 멀어져 가는 두 명의 1학년생을 보며 자기혐오에 빠졌다.

사이토와 하루키는 같은 반 친구로 사이가 좋다.

이왕이면 친구끼리 하는 편이 그들로서는 좋으리라.

그러나 코유키는 일부러 그러지 않았다.

이유는 오로지 사리사욕.

하루키와 리리를 만나게 하고 싶지 않다.

코유키는 단지 그런 이유로 두 사람을 각자 다른 장소로 보낸 것이다.

'하지만 두 사람의 사이가 좋아지면, 나는 다시 혼자가 되어 버려.'

뇌리를 스치는 것은 시간이 되감기기 전 세계의 기억.

3학년생이 되고 졸업을 얼마 남겨 놓지 않은 어느 날, 코유키는 하루키에게 차였다.

그리고 나중에 자신처럼 하루키를 짝사랑하던 리리와 그가 사귄 것이다.

관계의 커다란 변화.

대학에 진학하면서 생긴 물리적인 거리와 환경의 변화.

주로 이 두 요인에 의해 하루키와 코유키의 관계는 서서히 멀어지고, 대학 2학년생이 될 무렵에는 완전히 소원해지고 말았다.

어쩔 수 없는 일이다.

하루키는 대학 입시로 바쁘고, 그가 코유키와 자주 만나는 것은 여자친구인 리리로서도 좋은 기분이 아닐 테니까.

특히 많은 사람에게 상처받고 친구에게 배신당한 과거를 가졌다면 더더욱.

후배를 불안하게 만들고 싶지 않다는 배려의 결과, 코유키는 자신의 마음속에 남은 감정에 뚜껑을 덮었다.

하지만 그러자 코유키는 필연적으로 하루키와 만나기 전의 사랑과 온정 없는 일상으로 돌아가 버렸다.

하루키와 만나기 전이었다면 아무 생각 없이 생활할 수 있었으리라.

이것이 자신의 숙명이라고 모든 것을 받아들이고 있었다.

그러나 알아 버린 것이다.

사랑받는 기쁨을.

사람의 온기를.

약해졌을 때 누군가가 곁에 있어 주는 고마움을.

한번 사치를 알아 버린 몸은 원래대로 돌아갈 수 없다.

문득 주체할 수 없는 쓸쓸함과 기아감이 엄습한다.

——누가 다시 내 본심을 꿰뚫어 봐주면 좋겠어.

——꼭 안아 주면 좋겠어.

——곁에 있어 주면 좋겠어.

——다정하게 키스해 주면 좋겠어.

——사랑해 주면 좋겠어.

고프다.

고프다, 고프다.

고프다, 고프다, 고프다.

고프다, 고프다, 고프다, 고프다.

횟수가 더해갈수록 기아감은 점점 커진다.

대학 3학년의 1년간은 정말로 미쳐 버릴 것만 같았다.

견디다 못해 하루키에게 메시지를 보낸 적도 있었지만, 바쁜지 한참 뒤에야 답장이 와서 상처받을 뿐이었다.

며칠 뒤에야 도착하는, 다정한 말에 안도하다가 이내 자신은 하루키에게 특별한 존재가 아니란 것을 자각하고 다시 상처받는다.

최악의 나날이었다.

이럴 바에는 모르는 편이 나았다.

그렇게 후회했을 때, 기적이 일어났다.

정신을 차리고 보니 그와 만나기 조금 전.

고등학교 1학년 봄 방학으로 시간이 되돌아간 것이다.

영문을 알 수 없었다.

어안이 벙벙했다.

무슨 일이 벌어진 건지 알 수 없었다.

그날은 제대로 머리가 돌아가지 않아서 하루 종일 침대에서 누워 지냈다.

하룻밤이 지난 덕분인지, 눈을 떴을 때는 자신이 과거 세계로 돌아와 있다는 것을 겨우 이해할 수 있었다.

〈나는 어째야 좋을까?〉

사람의 온기를 몰랐으면 좋았다고 후회한 순간, 시간이 되감겼다.

신이 코유키의 소원을 들어준 결과인지도 모르지만, 아무래도 무슨 오류가 있었는지 유감스럽게도 기억은 그대로.

하루키와 보낸 나날은 선명하게 새겨져 있다.

'이 기억을 잊어버리지 못하면 의미가 없잖아요.'

다음 날도 우울한 기분이었지만 불현듯 악마적인 생각이 떠올랐다.

'하루키와 마치가네가 사귀지 않으면……. 내가 하루키

와 먼저 사귀어 버리면 되는 거 아니야?'

참으로 못된 생각이다.

대학에 들어간 두 사람이 어떤 상황이었는지는 잘 모르지만, 하루키와 리리는 객관적으로 볼 때 잘 어울리는 커플이었다.

대학을 졸업하면 분명 결혼해서 행복한 가정을 꾸리리라.

그러나 그것은 있었을지도 모르는 미래의 이야기.

코유키가 지금부터 움직이면 하루키의 곁에 있는 것은 리리가 아니라 자신일지도 모른다.

이 주체할 수 없는 기아감을 채울 수 있을지도 모른다.

한번 그런 생각이 드니 멈출 수가 없었다.

〈이번에야말로 그의 사랑을 독차지하겠어.〉

코유키는 타인의 행복을 빼앗는 짓이라는 걸 자각하고서도, 자신이 행복해지기를 바랐다.

첫 번째 인생에서는 자신이 참았으니까 두 번째는.

그런 면죄부를 손에 넣은 코유키는 하루키를 잊는 쪽에서 사귀는 쪽으로 방향 전환.

하루키가 지난 인생 때처럼 코유키의 작업을 도와준 장면부터 전력으로.

하루키가 자신에게 질리지 않을 정도로 아슬아슬하게 공략해서 첫 번째보다 두 사람의 관계는 더 빨리 깊어졌다.

〈코유키 선배.〉

첫 번째 때는 여름 방학이 끝난 다음에야 불러 주었던 성을 뺀 이름.

현재 인생에서는 겨우 한 달만에 그렇게까지 발전했다는 사실이 무엇보다 큰 증거다.

순조로워 보이는 사랑.

그러나 코유키는 내심 불안감이 가시지 않았다.

그것은 역시 마치가네 리리라는 후배의 존재.

하루키는 리리를 묘하게 의식했던 것이다.

조금 부자연스러울 정도로.

그러나 전에 리리로부터 처음 친해진 계기를 들었을 때, 입학하자마자 스토킹을 당한 리리를 그가 도와주었다고 했었다.

리리가 스토킹을 당하고 있다는 사실을 모르면 도울 수 없는 일이다.

그래서 코유키는 그가 리리가 스토킹을 당하는 것을 알고 있어서 걱정하는 줄로만 알았다.

그러나 그녀의 스토커 사건이 해결되고 나서도 하루키의 눈이 리리를 쫓고 있는 때가 있다.

그러니 불안해지지 않을 수가 없다.

틀림없이 그 사건을 계기로 두 사람 사이에 뭔가가 있었고, 하루키는 리리를 의식하고 있다.

그녀가 연적이 되어 버리면 다시 패배할지도 모른다.

코유키는 그런 공포심에서 하루키로부터 리리를 떼어 놓으려고 리리를 위협하고 있다.

"내가 생각해도 우습네."

코유키는 타인의 행복을 빼앗을 각오는 되어 있으면서 정면으로 부딪칠 각오는 되어 있지 않다.

그런 자신이 너무 초라하고 한심했다.

하지만 일단 시작해 버린 이상은 멈출 수 없다.

이대로 하루키와 리리가 접촉하지 않도록 시간을 벌어 놓고, 그 사이에 하루키의 마음속에서 코유키의 존재가 커지도록 만든다.

그러면 분명 미래는 바뀔 것이다.

하루키에게 선택받을 것이다.

이번에야말로 사랑에 고프지 않을 것이다.

행복해질 수 있을 것이다.

"음료라도 사러 가야겠다."

다시 불안해진 코유키는 불안감을 달래기 위해 사랑스러운 후배들에게 줄 보상을 준비하러 가기로 했다.

그들이 도와주러 온 덕분에 작업이 척척 진행되어 금방 끝날 것 같으니 딱 좋은 타이밍이다.

"잠깐 실례 좀 할게."

"알겠습니다."

코유키는 근처에 있던 학생에게 양해를 구하고 운동장

을 뒤로했다.

학생회실에 두고 온 지갑을 가지고 식당 앞에 있는 자판기로 향한다.

텅, 텅.

'어디 보자, 미나즈키는 포도 주스고 마치가네는 밀크티. 그리고.'

"아직 작업도 안 끝났는데 뭐 하는 거야?"

기억을 더듬어 후배들이 좋아하는 음료를 사고 있는데 옆에서 목소리가 들려 왔다.

익숙한 목소리.

그러나 코유키로서는 별로 듣고 싶지 않은 부류의 그것.

그래서 더욱 얼굴을 보지 않고도 상대가 누구인지 금방 알 수 있었다.

"……회장님."

얼굴을 확인하자 아니나 다를까 불편한 기색으로 얼굴을 찡그린 타쿠미가 있었다.

분명히 말해서 무섭다.

어쨌거나 어릴 때부터 아는 사이이니 하루키나 사이토가 소꿉친구를 대할 때처럼 좀 더 따뜻하게 대해 줘도 좋지 않을까?

그러나 그건 이룰 수 없는 소원이리라.

왜냐하면 그는 옛날부터 코유키에게 엄격했으니까.

그 원인은 아마도 타쿠미와 코유키가 같은 부류라서.

언젠가 자신처럼 그룹을 짊어질 입장에 있는 사람이 자신보다 못하다는 것을 용서할 수 없는 것이리라.

조금이라도 실수를 하면 몇 번이고 반복해서 심한 말을 던지는 것이다.

그런 상대를 어렵게 생각하는 것도 당연하다 할 수 있다.

단, 그래도 예전에는 싫지는 않았다.

그는 항상 맞는 말만 해서 불만은 있을지언정 납득은 갔다.

그러나 첫 번째도 두 번째인 현재도 어느 날을 경계로 태도가 바뀌어 지금까지보다 더 차갑게 대하거나 불합리한 설교를 듣는 일이 많아졌기 때문에 코유키는 타쿠미가 싫었다.

"후배들이 도와주러 와 준 덕분에 마감 시간 전에 텐트를 전부 세울 수 있을 것 같아서 그 보답으로 주려고 산 거예요."

"흥. 다른 사람들은 안 사 주고? 후배들만 텐트를 친 건 아니잖아. 원래 있던 멤버들이 협력해 줬으니까 가능한 일이지. 그들한테도 보상이 있어야 맞는 거 아니야?"

"그건…… 그렇죠."

"조금만 생각해도 알 일을. 그거 후배들한테 주지 마. 틀림없이 불만이 나올 테니까."

"……네."

코유키는 이번에도 설교를 듣겠다 싶어 필사적으로 변명하지만, 그것은 자신의 미숙함을 드러냈을 뿐, 결국 이번에도 쓸데없는 짓이라는 비난을 듣고 말았다.

이것은 명백히 코유키의 실수다.

그래서 이번에는 순순히 그것을 받아들이고 반성했지만, 그건 그렇다 쳐도 도와준 후배들에게 아무런 보답도 하지 않는 것은 실례가 아닌가 하는 의문이 머릿속에 남는다.

〈일에는 그에 걸맞은 보상을 할 것.〉

〈받은 은혜는 반드시 갚을 것.〉

예전에 타쿠미가 했던 말이다.

지금의 그와 모순된다.

둘 다 맞는 말인가.

그렇게 생각했을 때, 코유키는 예전에 타쿠미가 했던 말이 옳다는 생각이 들었다.

"그럼 모두한테 쏠게요."

애초에 후배들 이외의 몫도 사면 이 문제는 해결되는 것이다.

다행히 코유키는 그만한 재력이 있다.

이번에는 후배들을 위해 희생하자.

코유키가 모두한테 쏘겠다고 선언하자 타쿠미는 진심으로 조롱하는 표정을 지었다.

"진짜 바보구나, 너."

그리고 비난의 말을 남기더니 차를 사자마자 가 버렸다.

'끝까지 기분 나쁜 인간이네.'

코유키는 멀어지는 타쿠미의 모습을 바라보면서 속으로 그렇게 욕을 하고, 지갑에서 1천 엔 지폐를 몇 장 꺼내어 모두에게 돌릴 음료를 샀다.

1분 뒤.

"……어쩌면 좋아."

대량의 음료 앞에서 코유키는 머리를 싸매고 있었다.

왜 타쿠미가 〈바보〉라고 했을 때 깨닫지 못한 걸까?

음료를 대량으로 살 수는 있어도 그것들을 혼자 나를 수는 없다는 것을.

완전히 코유키의 나쁜 버릇이 나와 버렸다.

옛날부터 그랬다.

한번 발끈하면 오기를 부리게 된다.

도중에 혼자 옮길 수 없다는 것을 깨달았지만, 타쿠미에게 그런 말을 들으니, 도중에 멈출 수가 없어서 결국 벤치 하나를 음료로 채우고 말았다.

'어쩌지?'

"시라유리, 여기서 뭐 해?"

"우와, 음료가 한가득이네. 하나 마셔도 돼?"

어쩔 줄 모르고 있는데 이번에는 학생회 소속 선배들이 찾아왔다.

창피한 꼴을 들키고 말았다.

"노노하라 선배, 카와타 선배. 드세요, 마침 처치 곤란이라. 드셔 주시면 감사하죠."

코유키가 건조한 목소리로 대강 사정을 설명하자 두 사람은 반응이 갈렸다.

"시라유리가 이런 실수를 하는 건 처음 보네."

의외라는 듯 눈을 동그랗게 뜨는 사람.

"럭키. 맛있다, 이렇게나 많은데 다른 사람들한테도 돌리자. 다들 기뻐할걸. 어차피 처치 곤란이니까 상관없지, 시라유리?"

음료를 마시게 된 것을 순수하게 기뻐하며 이 감동을 다른 사람들과 나누자는 사람.

"아, 네. 전 상관없어요."

코유키에게 그녀의 의견은 어찌나 고마운지.

구원의 여신이 나타난 심정으로 흔쾌히 승낙했다.

"야호! 마침 주머니에 비닐봉지가 있는데 여기 담아서 가지고 가야겠다."

그러자 카와타는 콧노래를 부르면서 주머니에서 접힌 비닐봉지를 꺼냈다.

"이 많은 걸 그거 하나에?"

그것을 펼치자 큼직하긴 하지만 음료를 전부 넣기에는 부족해 보인다.

노노하라가 코유키의 생각을 대변하자 카와타는 검지를 좌우로 흔든다.

이 자신만만한 모습. 뭔가 대책이 있는 모양이다.

"괜찮아, 괜찮아. 찢어지지 않을 만큼만 담고 나머지는 노노하라한테 맡길 거니까."

묘안이 있는 것처럼 굴더니 고작 나온 대책은 남에게 떠넘기기.

코유키와 노노하라는 고개를 푹 떨어뜨리고 낙담했다.

"그거 나만 너무 힘든 거 아니냐! 너희도 몇 개씩 들어."

물론 그런 작전이 통할 리 만무해서, 가장 큰 부담을 강요받은 노노하라는 항의했다.

"우우~, 연약한 여자한테 들라고 하는 게 어디 있어~. 회장이라면 군말 없이 날랐을걸."

"큭, 알았어. 나르면 되잖아."

"역시~. 말귀를 잘 알아들어서 좋다니까."

"난 너 같은 여자 싫어."

"힝, 미움받았다~. 뭐, 상관없어~. 나한테는 시라유리가 있으니까 노노하라한테 미움받아도 괜찮아. 일단 다섯 개만 넣어. 이걸 우리 둘이 나를 테니까 나머지는 노노하라가 부탁해."

"건방지게 굴어서 죄송합니다. 그건 좀 너무하니까 몇 개만 더 들어 주세요."

"흥, 어떻게 할까~?"

그러나 무역 회사를 경영하는 사장의 딸.

규모는 작아도 부모로부터 물려받은 교섭 기술은 보통이 아니라서 노노하라는 어느새 말빨에 넘어가 공수 역전.

불합리한 요구를 강요받은 노노하라가 왠지 고개를 숙이고 있었다.

"카와타 선배. 불쌍하니까 우리가 열 개만 더 들어요."

정식으로 교섭 기술을 배운 적 없는 일반 고등학생을 상대로 어른스럽지 못하다.

코유키는 불쌍한 노노하라를 동정해서 카와타에게 조건을 완화해 주자고 타진했다.

"시라유리가 그렇게 말하면 어쩔 수 없지~. 시라유리의 자비에 감사하도록 해, 노노하라."

"헤헤~, 감사합니다요, 감사합니다요."

"선배, 그냥 다섯 개로 할까요? 노노하라 선배한테 성의가 느껴지지 않는데요."

"그래."

"컥―! 미안, 미안. 내가 잘못했으니까 봐줘."

단, 이 전개는 두 사람에게는 미리 약속된 것이었나 보다.

자기만 헛다리를 짚고 있었다는 것을 깨달은 코유키가 노노하라에게 분풀이하자 그는 이번에야말로 진심으로 비명을 질렀다.

"리리랑 아이조노는 그쪽을 잘 잡아."

"네네."

"알겠습니다."

"좋아, 그럼 하루키. 하나, 둘에 간다."

"알았어."

""하나, 둘.""

"리리, 가운데 거 부탁해."

"알았어. 영차. 이걸로 다 끝난 거지?"

"의외로 얼마 안 돼서 다행이야."

"응, 하지만 텐트의 양 자체는 어마어마하니까 원래 작업했던 사람들이 정말 대단해."

"도와줘서 정말 고마워. 아~ 드디어 끝났다. 이제, 엇! 시라유리 선배랑 학생회 선배들이다. 그거 혹시 쏘시는 거예요? 통도 크셔라."

"아, 응. 모두 애써 줬으니까. 마시고 싶은 거 마셔."

선배들의 도움으로 운동장까지 음료를 가지고 왔더니 코유키의 작은 저항도 허무하게 리리와 하루키가 같이 텐트를 치고 있었다.

작업을 부탁했을 때는 아직 상당한 양이 남아 있어서 서로 반대쪽에 있는 소꿉친구 커플끼리 합류할 일은 없다고 생각했는데, 아무래도 그들은 텐트 설치의 프로인지 잠깐 안 본 사이에 작업을 마친 모양이다.

텐트가 전부 설치된 광경에 경의를 표하는 동시에, 리리와 하루키가 접촉했다는 사실에 코유키는 살며시 입가를 경직시켰다.

"시라유리 부회장님께서 쏘셨다~. 모두 이리 와."

""우와아~!""

그러나 그런 것을 생각할 여유가 있는 것도 잠깐이었다.

카와타의 호령에 텐트를 설치하고 있던 학생들이 우르르 달려오는 바람에 코유키는 눈을 희번덕거리면서 음료를 나눠 주느라 정신이 없었다.

정신없이 나눠 주는 가운데 간신히 하루키를 위해서 탄산음료 하나는 챙길 수 있었다.

"어제 보낸 동영상 봤냐? 고양이 영상. 웃기지?"

"아, 그거? 엄청 웃기고 귀엽더라."

"……정말 둔감해서 큰일이야입니다."

"……아하하, 미즈키, 고생이 많네."

하루키의 모습을 찾아 두리번거리자, 그는 친구들과 텐트 안에서 담소를 나누고 있었다.

그런데 그 텐트는 커버를 묶은 끈의 매듭이 전체적으로 헐거워 보였다.

'당장에라도 바람에 날아갈까 무섭네.'

코유키가 조마조마하고 있는데 매듭이 몇 개 풀리더니 커버가 그대로 떨어졌다.

""뭐야!""

"으악?! 위험해."

"꺅?! 괜찮아, 리리?"

텐트 끝에 있던 미즈키와 사이토는 무사했지만, 비교적 안쪽에 있던 하루키와 리리는 그대로 커버에 깔리고 말았다.

남겨진 두 사람이 안절부절못하며 걱정하는 가운데.

"꺅! 어딜 만지는 거야?! 왜 그런 델 만지는 건데?"

"미, 미안. 캄캄해서 아무것도 안 보여서 그래. 일부러 그런 거 아니야."

"됐고, 빨리 그 손 치워."

"아, 아, 알았어."

"알았다면서 이번에는 왜 엉덩이로 가는 거야! 이 변태!"

안에서는 은밀히 야릇한 일이 벌어지고 있는 모양으로, 즉시 코유키의 위기 감지 센서가 반응.

"미나즈키, 그쪽 끄트머리 잡아. 빨리 커버를 벗기자."

"알겠습니다."

사이토에게 지시를 날리고 재빨리 커버를 벗기자 두 사람은 마치 트위스터 게임이라도 하는 것처럼 이상한 포즈로 뒤엉켜 있었다.

"웃! 죽어!"

"켁!"

환해지자마자 사태를 파악한 리리가 얼굴을 확 붉히면서 최상급의 폭언과 함께 하루키에게 발길질을 날렸다.

"〈이게 무슨 짓이야!〉"

"〈미안. 진짜 일부러 그런 거 아니야.〉"

"〈시끄러워, 이 변태! 나한테 말 걸지 마!〉"

"앗……."

코유키는 그 광경을 보고 저도 모르게 눈을 부릅떴다.

압도적인 기시감을 느꼈다.

첫 번째 때와 똑같은 대사에 저도 모르게 가슴이 옥죄어온다.

하루키에게 도움을 받은지 얼마 안 되었을 무렵, 리리는 자신의 마음에 솔직하지 못하고 지금처럼 하루키에게 못되게 굴었었다.

그러던 것이 시간이 지날수록 서서히 부드러워지더니 두 사람은 결국 사귀었다.

'싫어. 이번에야말로 하루키를 내 것으로 만들고야 말겠어. 그러니까 빼앗지 마. 나를 다시 외톨이로 만들지 마.'

트라우마가 되살아나 온몸이 떨린다.

시야가 흐려진다.

"허억—, 허억—."

숨이 가빠진다.

고프다.

다시 고프다, 고프다.

다만 오로지 고프다.

"시라—리——배—."

"코—키. 기절—어—니다."

극심한 기아감을 견디지 못한 코유키는 후배들의 부름도 소용없이 그 자리에 쓰러져 의식을 놓았다.

그로부터 30분이 지났을 무렵.

문득 캄캄하게 물들어 있던 세계가 붉은빛으로 환해졌다.

"응, 여기는?"

너무 눈이 부셔서 눈을 뜬 코유키의 시야에 낯선 천장과 걱정스럽게 이쪽을 보고 있는 하루키가 들어왔다.

"코유키 선배, 다행이다! 정신이 드셨군요."

눈이 마주치자 하루키는 입가에 반가운 미소를 지었다.

'무슨 일이 일어난 거지?'

늘 바라 오던 상황 앞에서 흐리멍덩한 머리로 이게 어떻게 된 일인지 필사적으로 조금 전 기억을 더듬는다.

"나, 쓰러졌어?"

몇 초 뒤, 코유키는 원인까지는 생각나지 않지만, 자신이 쓰러졌다는 것은 기억해 냈다.

"네. 갑자기 쓰러져서 걱정했어요. 특히 미나즈키가 엄청 놀라서 들것을 찾으러 다녔어요."

"민폐를 끼쳤네. 미나즈키한테는 나중에 사례를 해야겠어. 음료 한 다스 정도면 될까?"

"분명 좋아할 거예요. 꼭 사 주세요."

"그리고 거기 있는 미즈키랑 마치가네한테도…… 앗?!"

그러나 하루키와 대화를 나누다 보니 곧 그 원인이 떠올라 코유키는 다시 불안과 기아감에 몸이 경련하기 시작한다.

"선배! 괜찮으세요?!"

"하, 루, 키."

그러나 지금은 아까와 상황이 다르다.

옆에 있던 하루키가 이상을 일으킨 코유키를 걱정해서 어깨에 팔을 두르고 등을 다정하게 쓰다듬어 준 것이다.

그러자 기아감과 불안이 순식간에 날아간다.

처음 느끼는 충족감.

코유키의 허용량을 훌쩍 뛰어넘어 독이 된 그것은 소녀를 돌이킬 수 없을 정도로 좀먹고 커다란 격정을 낳는다.

"좋아해."

더는 참을 수 없었다.

"네?"

"계속 곁에 있어, 하루키. 계속, 계속 내 옆에만 있어 줘."

동요하는 하루키는 아랑곳하지 않고 마음속 깊이 담아 두었던 감정을 쏟아냈다.

그를 놓치고 싶지 않다.

혼자 되고 싶지 않다.

돌아가고 싶지 않다.

오로지 그 일념으로.

코유키는 매달리는 심정으로 하루키에게 고백했다.

그러자 그는 놀라서 눈이 휘둥그레지더니 이윽고 몹시 후회스러운 얼굴로 이렇게 말했다.

"죄송해요. 전 선배하고 사귈 수 없어요."

　붉게 물드는 하늘 아래.

　"시라유리 선배 괜찮을까?"

　아까 코유키가 쓰러진 장면이 머리에서 떠나지 않는 것이리라.

　옆에서 걷는 소꿉친구 소년이 불안스레 그렇게 중얼거렸다.

　"괜찮아. 보건 선생님이 그러시는데, 스트레스에 의한 일시적인 거래. 안정을 취하면 낫는다고 하셨으니까 괜찮아."

　리리도 같은 마음이지만, 그것을 숨기고 애써 밝게 행동한다.

　다행히 세이라 고등학교의 보건 교사는 의사 면허가 있는 전문의다.

　그런 선생님의 말이라면 틀림없을 터.

　그렇게 위로하자, "그렇겠지?" 하고 사이토의 얼굴에서 불안한 빛이 다소 사라졌다.

　"……스트레스라. 역시 회장과의 관계를 개선해야겠어."

　"회장? 회장하고 코유키 선배 사이에 무슨 일 있었어?"

　마음에 여유가 생겼기 때문일까.

　그의 사고가 긍정적으로 전환하며 의식이 걱정에서 문

제 해결로 이동했다.

그러나 그것은 뜻밖의 발언이었다.

리리는 눈을 깜빡거렸다.

"리리는 그 자리에 없어서 모르겠구나. 회장과 시라유리 선배. 최근에 특히 사이가 안 좋은 것 같아. 소꿉친구인데도."

"뭐?! 그 두 사람이 소꿉친구였다고?!"

"그래. 칸자키랑 야쿠모가 그렇게 말했어. 거기다 부모님끼리 친해서 서로 약혼했을 가능성도 있다나 봐."

"야, 약혼?!"

이어서 나온 말은 첫 번째 인생 때도 몰랐던 것.

너무 충격적이어서 스스로 놀랄 만큼 큰 목소리가 나오고 말았다.

'코유키 선배한테 소꿉친구가 있었어?! 게다가 야, 야, 약혼자라니. 너무 부럽잖아!'

리리에게는 그야말로 이상적인 상황.

요즘 사이토와 약혼자였으면 얼마나 좋을까 생각하는 일이 많아진 리리는 진심으로 부럽다.

바꿀 수 있다면 바꾸고 싶다.

물론 리리와 코유키를 바꾸는 게 아니라 관계성을.

사이토가 아닌 다른 남자와 약혼하는 건 싫다.

그럴 바엔 죽는 편이 낫다.

'좋겠다. 코유키 선배는. 소꿉친구하고 약혼이라니. 하지만 냉정하게 생각하면, 3학년이 되어서도 코유키 선배가 하루키를 쫓아다녔으니 약혼 이야기는 거짓이겠지? 역시 소꿉친구끼리는 연애 대상이 되기 어려운지도. ……아니지, 마음 약해지면 안 돼. 미즈키라는 예도 있는데 뭐. 나는 나, 다른 사람은 다른 사람. 반드시 사이토가 나한테 반하게 만들고야 말겠어.'

"야, 리리. 표정이 휙휙 변하고 있는데 괜찮냐?"

코유키와 타쿠미의 관계성은 리리를 감정의 제트 코스터에 태우기 충분했다.

사이토는 혼자 오만가지 표정을 짓는 리리를 의아한 표정으로 들여다보았다.

"아, 미안. 좀 놀라서. 아무것도 아니야."

"그래? 그럼 다행이지만."

창피해서 얼굴이 화끈 달아오른 리리가 얼른 사이토에게서 떨어져 이유를 설명하자 그는 얌전히 물러났다.

"리리는 두 사람 사이가 왜 안 좋은지 알아?"

그리고 평소대로 나란히 걷기 시작하자 아까 하던 이야기를 다시 꺼낸다.

그 질문에 리리는 첫 번째 기억을 더듬어 생각해 보았지만, 좋은 대답이 떠오르지 않았다.

"음. 정보가 너무 없어서 뭐라고 못 하겠어. 아는 것 좀 더 말해 봐."

즉 첫 번째 때의 기억은 이번 일에 아무런 도움도 되지 않는다.

리리는 일찌감치 불필요한 정보라고 단정 짓고 사이토가 얻은 정보를 근거로 생각하기로 했다.

"알았어. 그러니까 말이지——."

사이토가 지난번에 느꼈던 위화감에서부터 오늘 있었던 일까지 전부 솔직하게 말해 준 덕분에 많은 정보를 얻을 수 있었다.

그리고 리리가 내놓은 대답은 이랬다.

"역시 좋아하는 사람한테 오해를 주기 싫어서 아닐까?"

따로 좋아하는 사람한테 괜한 오해를 주고 싶지 않아서.

실제 리리도 사이토에게 다른 남자랑 친하다는 오해를 주지 않으려고 노력하고 있는 터라 이것이 가장 와닿는 대답이었다.

일단 코유키가 무슨 행동을 해서 미움을 받았을 가능성도 생각했지만, 개인적으로는 절대 있을 수 없는 일이라고 생각한다.

타임 리프 하기 전에 연적이었던 리리가 연애 상담을 했을 때 코유키는 싫은 표정 하나 없이 들어주었고, 자신이 위험에 처했을 때도 하루키와 함께 온 힘을 다해 도와주었던 따뜻한 사람이다.

남에게 미움받을 짓을 할 사람 같지는 않았다.

"리리도 야쿠모랑 같은 의견이네. 응? 두 사람 다 같은 의견이면 그게 맞나?"

"뭔가 개운치 않은 반응이네."

"아, 뭔가 확 와닿지 않는단 말이야. 왜지?"

그러나 아직 연애란 것을 잘 모르는 사이토는 리리의 의견에 동의하지 못하겠는지 어딘가 납득이 안 가는 표정.

그걸 보니 그가 자기 전까지 이 상태일 것이 뻔히 보인다.

소꿉친구로서 그의 답답한 심정을 해결해 주고 싶은 마음은 있다.

"앗."

"뭐 생각났어?!"

"아, 응. 어제 읽은 만화에 비슷한 게 있었어."

뭐 없을까 생각하던 리리는 어제 읽은 만화가 떠올랐다.

거기에 지금 이야기와 비슷한 상황이 있었을 터.

기억이 확실하다면 소꿉친구인 부잣집 장남이 히로인과 다른 남자가 친한 것을 보고 방해가 되지 않도록 거리를 두기 위해 차갑게 굴기도 하고 피해 다니기도 했다.

그러나 리리는 타쿠미와 코유키의 경우와는 맞지 않는다는 생각이 들었다.

왜냐하면 부잣집 장남은 히로인을 차갑게 대해도 미움받을 정도까지는 아니고, 서먹하게 구는 정도다.

진심으로 미움받기는 싫어서 힘 조절은 했다. 그러나 타쿠미는 힘 조절을 하지 않는 것처럼 보인다.

그러니까 다르다.

그렇게 말하려는데.

"진짜? 그럼 오늘 그 만화 읽으러 리리 너희 집에 간다!"

"……뭐?"

사이토가 끼어들어 화제는 소꿉친구가 집에 온다는 내용으로.

오해를 바로잡아야겠다고 생각했지만, 사이토가 집에 온다는 압도적인 매력에 저항할 수 없었다.

"좋아."

리리는 고개를 끄덕이고 말았다.

수십 분 뒤.

"다녀왔습니다!"

"실례합니다."

리리는 사이토를 데리고 귀가했다.

그러자 거실문을 열고 백금발의 머리카락을 가진 미녀가 얼굴을 쏙 내민다.

"잘 왔어요. 사이토, 오랜만이에요우."

"오랜만이에요, 루시 아줌마. 오늘은 일찍 오셨네요."

생글거리는 얼굴로 사이토를 맞이한 것은 리리의 엄마

인 마치가네 루시.

순수 프랑스인으로, 일본에 어학 공부를 하러 왔다가 아빠 마사노리가 쓴 소설을 읽고 감동해서 일본으로 이주.

마사노리의 열렬한 팬이 된 루시가 사인회 등에서 맹렬한 어택을 퍼부어 최애와 결혼에 골인한 용자다.

밝은 성격에, 아이를 좋아하고 남을 잘 챙긴다.

그래서 어렸을 때부터 집에 놀러 오는 사이토를 친자식처럼 아껴 준다.

"후훗, 사이토가 온다길래 빨리 돌아왔써요. 오늘은 사이토가 좋아하는 햄버그스테이크를 만들 거니까 기대하세요우."

원래 오늘 메뉴는 루시가 좋아하는 토마토 파스타로, 그녀는 이틀 전부터 그것을 만드는 것을 무척 기대하고 있었다.

그러나 사이토가 온다는 것을 알자마자 바로 사이토가 좋아하는 메뉴로 바꿀 정도라고 한다면 그녀가 사이토를 얼마나 아끼는지 알 것이다.

"정말요?! 감사합니다! 오늘 리리의 집에 오길 잘했다~. 오늘 우리 집은 고야 찬푸루였는데 진짜 오길 잘했다."

당연히 제일 좋아하는 요리를 먹을 수 있는데 이 소꿉친구가 기뻐하지 않을 리 만무하다.

사이토는 좋아서 입이 찢어졌다.

어찌나 좋아하는지, 그것을 본 리리는 사실 만화를 읽는 건 뒷전이고 고야 찬푸루*로부터 도망 온 게 아닐까 하는 의심이 들 정도.

"하지만 아줌마라면 다음 날 아침으로 내놓을 것 같은데."

"괜찮아. 우리 집은 고야를 딱 하나만 사거든. 그러니까 둘이 다 먹어 줄 거……야. ……아마, 분명, 응."

슬쩍 떠 보니 너무도 투명하게 동요하는 사이토.

리리의 집에 오려 했던 이유에 틀림없이 한몫한 듯하다.

남을 위해 그렇게까지 하다니, 하고 감동했던 자신을 되돌리고 싶다.

리리는 미간을 찌푸리면서 한숨을 쉰다.

"AHAHAHA, 사이토가 오면 정말 떠들썩해서 좋아요우. 자자, 이런 데 서 있지 말고 손부터 씻고 편하게 있으세요우~."

두 사람의 그런 대화를 듣고 있던 루시가 유쾌하게 웃으면서 사이토의 등을 떠밀어 강제로 집 안으로 들였다.

"그럼 옷 갈아입고 올 테니까 기다려."

"응."

손을 씻은 리리는 사이토를 거실에 두고 일단 방으로 들어간다.

그리고 교복을 재빨리 벗고 후드티와 핫팬츠로 갈아입은 뒤, 한 손에 만화책을 들고 돌아왔다.

거실 소파에 편히 앉아 있는 사이토의 옆에 앉았다.

---

*두부와 채소 등을 넣어 볶는 가정 요리.

"이게 그 만화야?"

아니나 다를까, 거실로 돌아오니 사이토의 시선이 만화에 꽂혔다.

"응, 이게 내가 말한 만화야. 《소꿉친구 왕자님과의 동거 생활은 의외로 서민적》이라는 제목인데, 아빠 친구가 내신 만화야."

"정말? 마사노리 아저씨의 친구가 그렸다니. 역시 마사노리 아저씨는 대단한 만화가랑 친구시구나."

그런 소꿉친구에게 쓴웃음을 지으면서 만화에 대해서 가볍게 설명하며 건네자, 사이토는 흥미롭다는 듯이 만화책을 뜯어보기 시작했다.

"우리 아빠, 이래 봬도 창작의 길에서는 프로니까. 그쪽으로 아는 사람도 많아."

"세상은 의외로 참 좁아. 그건 그렇고, 내용이 러브코미디인데 용케 읽었네. 나도 그렇지만 리리도 이런 거 싫어하잖아?"

리리가 평소 러브코미디 장르의 만화를 읽지 않는다는 것을 아는 사이토는 만화책을 촤르륵 넘겨 보더니 의아하다는 얼굴로 질문을 던졌다.

"딱히 싫어하지 않아. 그냥 하렘이 되는 게 싫어서 피하는 거지. 히로인과 주인공의 순애물이면 읽어."

"그렇구나. 대충 보기엔 배틀이 없는 것 같아서 내 취향은 아니지만, 선배들을 위해서 노력해 보지."

리리가 자신의 의견을 말하자 사이토는 납득했는지 얌전히 1페이지부터 읽기 시작했다.

"그럼 사이토가 그걸 읽는 동안 나는 엄마를 도와주고 올게."

만화를 읽는 데 방해가 되지 않도록 리리는 그 말만 남기고 주방에서 콧노래를 부르고 있는 루시에게 갔다.

"엄마, 도와줄게."

"OH, 고마워요우. 그럼 샐러드랑 수프를 부탁해도 될까요우?"

"응. 나한테 맡겨."

그리고 저녁 식사를 준비하기를 15분.

모든 요리가 완성되고 식탁에 차려졌을 무렵에는 이미 사이토가 자리에 앉아 있었다.

"만화 다 읽었어?"

사이토의 손에 만화는 없고, 소파 위에 방치된 것이 보였다.

저 상태인 걸 보니 틀림없이 거의 읽지 않았으리라.

리리가 사이토를 한심한 시선을 보내자, 소꿉친구 소년은 꿋꿋하게 그것을 받아넘긴다.

"이런 맛있는 냄새가 나서 집중해서 읽을 수가 없길래 포기했어. 나중에 네 방에서 천천히 읽을 거야."

"······변함없는 먹성이구나. 뭐, 제대로 읽을 맘이 있으면 됐어. 지금은 엄마의 특제 함박스테이크를 맛봐도 좋아."

그러고는 너무나도 당당하게 뻔뻔한 말을 하는 걸 보고 리리는 도리어 감동해서 사이토를 용서하고 그 앞에다 함박스테이크를 놓아 주었다.

"오, 오늘도 맛있어 보이는군."

"엇, 이 냄새. 오늘은 토마토 파스타 아니었나――. 아, 사이토가 와 있었구나. 어서 오렴."

사이토가 냄새와 차림새를 만끽하고 있는데 거실문이 열리더니 댄디한 미남이 거실로 들어왔다.

리리의 아버지인 마사노리다.

사이토가 올 거라고 메시지를 보내 놓았지만, 작업에 집중하느라 스마트폰을 확인하지 못한 모양이다.

거실에 가득한 함박스테이크 냄새에 의아한 얼굴을 했지만, 사이토를 발견하고는 이내 납득한 얼굴로 바뀌더니 온화한 미소를 지으면서 사이토를 환영했다.

"마사노리 아저씨, 안녕하세요. 실례하겠습니다."

"집에 오는 건 오랜만이구나. 요즘 어떠니? 고등학교 생활은 즐겁고?"

"우당탕이지만 엄청 즐거워요. 친구도 생겼고, 무엇보다도 리리가 같은 반이라."

"그래 그래. 그럼 다행이고. 리리한테 근황은 들었지만,

사이토의 입으로 다시 들으니 안심이 되는구나."

마사노리는 사이토의 맞은편에 앉아 둘만의 담소를 시작했다.

내용은 완전히 친척 아저씨와 나누는 대화와 전혀 다르지 않다.

핏줄을 나눈 사이도 아닌데.

그만큼 마사노리도 사이토를 마음에 들어 한다는 증거이기도 하다.

솔직히 마사노리가 다른 아이를 이렇게까지 다정하게 대하는 모습은 아직도 낯설다.

리리가 집단 괴롭힘을 당했기 때문인지 과거의 마사노리는 아이를 싫어했다.

〈통행 방해하지 말고 비켜.〉

둘이 장을 보러 갔을 때, 길을 막고 있던 중학생한테 얼음장 같은 말투와 경멸의 시선을 보냈던 아빠의 모습이 뇌리에 선명하게 박혀 있다.

그때의 마사노리를 알기에 정말 동일 인물인가 하고 가끔 눈을 의심하게 된다.

〈리리, 사이토한테 뭘 주면 기뻐할까? 화제의 최신 게임기? 만화 전집? 고급 테니스 라켓?〉

〈그렇게 비싼 거 안 사줘도 좋아할걸? 맥도날드 햄버거만 사 줘도 좋아할 거야.〉

〈좋아, 그럼 맥도날드 카드 10만 엔어치로 해야겠다.〉

〈아빠, 그건 너무 과해!〉

〈무슨 소리야, 리리? 한창 먹을 나이인데 이 정도는 돼야지!〉

특히 사이토의 생일을 처음 축하했을 때는 폭주해서 얼마나 애를 먹었는지 모른다.

당시, 결국 사이토의 부모님의 힘을 빌려서 그건 초등학생에게 너무 과하다고 설득했던 기억이 난다.

리리가 갖고 있던 아빠의 이미지가 크게 변한 것은 틀림없이 그날일 것이다.

"응? 내 얼굴에 뭐가 묻었니, 리리?"

대화에 빠져 있다가 리리가 마사노리를 보고 있는 것을 깨달은 것이리라.

의아한 표정으로 얼굴을 벅벅 문지른다.

"후훗. 아니에요. 그냥 여전히 사이가 좋구나 하고."

그 모습이 재미있어서 리리는 웃으면서 솔직한 생각을 말했다.

"그야 사이토니까 당연하지. 이렇게 착한데 사이가 좋은 게 당연하잖냐."

마사노리는 사이토의 옆으로 가서 어깨동무하고 웃었다.

"오, 아저씨. 근육이 생기셨네요. 근력 운동이 잘되고 있나 봐요?"

"오, 알겠니? 실은 요즘 좋은 방법을 발견했거든. 매일 꾸준히 하고 있지."

"정말요? 밥 다 먹고 가르쳐 주세요."

"물론이지."

"사이토, 여기 온 목적 잊지 마. 그리고 아빠, 오늘은 벌써 19시가 넘었으니까 너무 시끄럽게 하지 마세요."

"알았어, 알았다고."

"응. 알았다. 방법만 간단히 가르쳐 줄게."

리리는 근력 운동 이야기에 신이 난 남자들에게 못을 박고 요리들을 식탁으로 날랐다.

"""""잘 먹겠습니다!"""""

"맛있어. 오늘 데미그라스 소스가 평소보다 진해서 최고였어요. 이걸로 햄버거 만들면 엄청 맛있겠어요."

"후훗, 오늘은 특별히 고디바 초콜릿을 넣어 봤는데 마음에 든다니 다행이에요우."

"엄마, 요리에 넣기엔 너무 호화로운 거 아니야?!"

"으음. 확실히 평소보다 깊은 맛이 나서 맛있는걸, 여보."

사이토의 방문에 오늘 저녁 식사는 평소보다 시끌벅적해졌다.

"우리가 처음 사이토의 생일을 축하했을 때 지각했던 건 사실 리리가 사이토의 생일 선물을 고르는 데 엄청 시간이 걸렸기 때문이에요우. 엄청 고민하는 게 어찌나 귀엽던지."

"엄마! 그건 말 안 하기로 약속했잖아."

"아하하, 미안해요우."

"아, 초등학교 1학년 때 준 힙색. 그거 고심해서 고른 거야? 고마워. 그거 지금도 쓸 만해서 엄청 아끼고 있어."

"~?! 그, 그래? 잘됐네……."

"생일 선물이라면, 사이토가 리리한테 처음 줬던 파란 리본. 리리가 엄청 마음에 들어 해서 그 뒤로 매일 차고 다녔지."

"그 덕분에 리리가 멋에 눈을 떴지요우. 받은 뒤로 리본이 어울리는 머리 모양을 연구하는 게 어찌나 귀엽던지."

"너덜너덜해져서 울상을 지었을 때도 최고였지."

"맞아요. 울기 직전에 사이토가 다시 다른 선물하고 같이 새로 사 줬을 때 그 표정이란! 그렇게 웃는 거 처음 봤다니까요우."

"그렇게 마음에 들었어? 지금 것도 색이 좀 바랬으니까 다음 달 생일에 새로 선물해 줄게."

"……제발 그, 그만해~……."

그러나 그 대가로 창피한 과거 이야기가 화제에 올라 멘탈 게이지가 뚝 떨어져 버렸지만.

대체로 즐거운 식사였다.

식후에는 설거지를 돕고 있는 동안 마사노리가 사이토에게 근력 운동을 가르쳐 준다며 역시나 부산을 떨어대는

통에 머리를 싸맸다.

　그러나 다행히 마사노리는 리리의 당부를 지켜서 몇 분만 가르치고 끝냈다.

　계속 그 상태였다면 틀림없이 이웃 사람들이 쳐들어와서 항의했을 것이다.

　"이제 내 방으로 가자."

　"옙."

　그럭저럭 분위기가 가라앉자, 사이토를 데리고 방으로 간다.

　그리고 나란히 바닥에 앉아서 침대에 몸을 기댔다.

　평소 리리와 사이토는 방에서 이런 자세로 있다.

　눈앞에 있는 모니터로 게임도 하고 TV도 보고, 스마트폰도 만지작거리고, 소설이나 만화를 읽으면서 빈둥빈둥 시간을 보낸다.

　"좋아, 이번엔 진짜로 읽어야지."

　"파이팅~. 도망칠 생각 말고 끝까지 읽어."

　"알았다고. 그런데 왜 이쪽으로 기대냐? 읽기 힘들게."

　"사이토가 도망가지 못하게 하려고. 난 신경 쓰지 말고 얼른 만화나 읽어. 선배들을 위해서 노력하겠다며?"

　"후, 어쩔 수 없군."

　금방 싫증을 내는 이 소꿉친구가 도망가지 못하도록 몸을 기울여 구속하자 예상대로 사이토는 귀찮아한다.

그러나 이내 리리가 물러설 마음이 없다는 것을 알았는지 사이토는 포기하고 만화를 펼쳤다.

두근, 두근, 두근, 두근.

팔락…… 팔락…….

두 사람만 있는 조용한 방 안에서 리리의 빨라진 심장 박동 소리와 만화의 페이지를 넘기는 소리만이 들린다.

'어쩌자고 내가 이런 상황을 만든 걸까?'

읽기 시작하자마자 리리는 왜 자신이 이런 상황을 만든 걸까 하고 속으로 몸부림쳤다.

도망가지 못하게 한다는 명목으로 그에게 딱 붙어 있지만 사실 그런 것은 그럴듯한 변명.

단지 사이토와 살을 맞대고 싶다는 리리의 이기심에 지금 이 상황이 만들어진 것이지만 막상 해 보니 후회가 들었다.

이 상황은 여러모로 불편하다.

빨라지는 심장 박동 소리를 들킬까 불안해지고, 서로 샤워를 하지 않아 땀 냄새가 나지 않을까 걱정이다.

급한 대로 땀 냄새 제거 시트로 닦았으니 문제 없다고 생각하고 싶다.

사이토한테서 땀 냄새 제거 시트의 냄새와 희미하게 사이토 특유의 햇살처럼 부드러운 냄새가 나는 것을 보면 아마 괜찮을 터.

오히려 사이토의 냄새가 기분 좋아서 그것을 정신없이

맡게 되니 부끄럽다.

무엇보다 지금 사이토가 읽고 있는 만화에 그와 비슷한 장면이 있다.

그것을 본 사이토에게 〈너 나한테 관심 있어?〉라는 소리를 들을까 봐 조마조마하다.

물론 그렇게 해서 자신을 의식해 준다면 바라던 바이긴 하지만, 잘 된다는 보장이 없어서 무섭다.

왜냐하면 이 소꿉친구 소년은 읽는 데 정신이 팔려서 전혀 반응을 보이지 않는 것이다.

야릇한 감정을 느끼는 기색은 전혀 없이 그저 정보를 얻으려고 담담히 책만 읽고 있다.

이런 상태에서 자신의 감정을 고백해 봤자 잘될 것 같지 않다.

지금 당장에라도 때려치우고 싶은 마음이 굴뚝 같지만, 몸은 정직해서 사이토의 온기를, 냄새를 계속 느끼고 싶다고 말하면서 떨어지려 하지 않는다.

이놈의 몸뚱이.

그럼 어쩔까? 하고 생각했을 때, 리리가 내놓은 대답은.

'그래, 자자.'

현실 도피.

의식을 놓아 버리면 부끄러움도 불안감도 전부 잊을 수 있다.

한심하다고 생각할지도 모르지만, 지금은 이 길밖에 없다.

리리는 자기 자신에게 그렇게 변명하고 눈을 꼭 감았다.

"……."

깜깜해진 탓에 아까보다 감각이 예민해져서 처음에는 신경이 곤두섰지만, 따뜻한 그의 온기가 감싸고 있다고 생각하니 이상하게 마음이 놓였다.

이래저래 아늑한 기분이 되어 꿈나라로 떠났다.

"쌕…… 쌕……."

"자냐?"

만화를 읽기 시작한 지 10분이 지났을 무렵, 몸을 기대고 있던 리리가 쌔근거리기 시작했다.

최근 몸을 움직일 기회가 많아서 피곤한 것은 이해하지만, 남은 낯선 장르에 악전고투하면서 읽고 있는데 참으로 태평스러운 녀석이다.

확 일어나서 옆으로 밀어낼까 하다가, 아직 만화를 읽는 도중이라 꾹 참았다.

사이토는 마음을 진정시키기 위해 숨을 크게 내쉬고 다시 읽기 시작했다.

'이 부잣집 장남, 회장이랑 엄청 닮았네.'

다시 만화 캐릭터로 시선을 돌리자 역시 닮았다. 외모도 성격도.

무뚝뚝하면서도 남을 배려하는 다정함, 주위 사람들이 의지한다는 점 등이 특히 닮았다.

리리가 왜 이 만화의 이름을 언급했는지 이해가 갔다.

그러나 현재로서는 그게 다다. 타쿠미가 코유키에게 왜 차갑게 대하는지 아직 모르겠다.

힌트가 될 만한 장면은 언제 나올까, 생각하면서 페이지를 넘기고 있는데 어떤 장면이 나왔다.

〈저 남자 뭐야? 내 소꿉친구하고 엄청 친해 보이는데.〉

〈저 녀석이 저런 표정을 보이다니.〉

〈나한테는 보인 적 없으면서.〉

〈혹시 저 녀석, 내가 아니라 저 남자랑 같이 있는 게 더 행복한 거 아니야?〉

그것은 소꿉친구인 히로인이 동급생과 친하게 있는 모습을 부잣집 장남이 목격하는 장면.

부잣집 장남은 오랫동안 함께였던 소꿉친구가 자신이 몰랐던 일면을 보이는 것에 불안감을 느끼고, 그 후 히로인으로부터 거리를 두면서 차갑게 대한다.

그녀가 자신과 연인 관계에 있다고 생각하면 자신이 그녀에게 방해가 될 테니까.

부잣집 장남은 그런 이유로 소꿉친구와 거리를 두려는

것이었다.

'완전히 이거 아니야?! 지금 회장의 상태.'

사이토의 속에서 찌릿하고 전류가 흘렀다.

──이거다, 이거.

다른 사람들의 의견을 들었을 때는 느끼지 못했던 충격.

완벽하게 납득했다.

애초에 이상했다.

아무리 약혼자라고 오해받기 싫다고 해도 그 다정한 타쿠미가 코유키에게 상처를 준다는 것은 아무래도 위화감이 있었다.

코유키를 싫어하나 싶었지만, 그게 아니다.

잘 생각해 보면, 상급생들이 싸웠을 때 코유키에게 심하게 굴었던 것은 그녀를 사건에 휘말리게 하고 싶지 않았기 때문인지도 모른다.

실제 그 두 사람을 말리기 위해서는 그 둘 사이에 강제로 끼는 수밖에 없었는데, 그때 타쿠미는 깨달은 것이다.

소꿉친구가 다친다.

그것을 깨달았다면 사이토도 비슷한 행동을 했을지도 모른다.

뭐, 그 정도로 유치한 싸움이라면 그냥 내버려 뒀을지도 모르지만.

차에 치일 뻔했다든가 높은 곳에서 떨어질 뻔했다면 사

이토는 자기보다 리리의 목숨을 우선할 것이다.

그만큼 소꿉친구가 소중하니까.

행복해지기를 바라니까.

아마 타쿠미도 마찬가지이리라. 그래서 이 만화에 나오는 부잣집 장남처럼 구는 것이다. 약혼자라는 오해를 사서 코유키의 방해가 되고 싶지 않기에.

차라리 미움받는 쪽을 택하고 있다.

'……마음에 안 들어.'

이해했다.

이해는 했다.

그러나 확실히 학생회 멤버인 고다가 말한 것처럼 납득은 안 된다.

그러면 타쿠미만 손해 아닌가.

그저 소꿉친구인 코유키의 미움만 살 뿐.

타쿠미에게는 아무런 득이 없다.

그런 건 있을 수 없다.

소꿉친구의 행복을 생각하는 나머지 자신을 등한시하는 것은 잘못됐다.

사이토는 이기적이고 욕심 많은 어린애다.

어느 한쪽을 버리는 어른스러운 선택은 못 한다.

선택해야 한다면 모두가 행복해지는 방법이 아니면 선택하고 싶지 않다.

'깨닫게 해 주라는 게 이런 뜻이었나?'

괜히 어른처럼 굴지 않아도 된다.

학생회의 두 사람은 타쿠미가 그것을 깨닫기를 바랐던 것이리라.

그렇다면 사이토가 할 일은 오직 하나.

타쿠미에게 그것을 직설적으로 전달하는 것.

그것뿐이다.

"……고마워."

사이토는 옆에서 자는 리리에게 고맙다고 말한다.

그녀 덕분에 이 사실을 깨달을 수 있었다.

고마움의 표시로 머리를 쓰다듬어 주자 "으음~" 하고 기분 좋은 소리를 냈다.

"좋아, 그럼 일단 마저 읽자."

이유는 알았다. 그러나 이 만화에 유익한 정보가 더 있을지도 모른다.

그렇게 생각하고 남은 페이지를 계속 읽기로 결심한 사이토는 다시 흥미로운 사실을 깨닫게 되었다.

〈아, 나도 이 녀석을 좋아하나?〉

라스트 신 직전, 소꿉친구와의 대화에 의해 부잣집 장남이 그녀의 행복을 바랐던 진짜 이유는 소꿉친구 소녀를 좋아하기 때문이었다는 것이 밝혀졌다.

사이토는 '소꿉친구니까 당연한 거 아닌가?'라고 생각했지만, 이 부잣집 장남이 그렇게 자각하고 있다면 아마 그런 것이리라.

사랑에 어두운 사이토는 타쿠미도 마찬가지인 건지 알 수 없다.

그러나 만일 마찬가지라면 차갑게 대하는 것은 그만두는 편이 좋다고 생각했다.

만화 속 부잣집 장남과 히로인처럼 행복해지라는 것까지는 아니다.

그렇지만 좋아하는 상대에게 미움받은 채로 끝나는 것은 너무 괴로우니까.

"엄청난걸. 단번에 해결됐어."

끝까지 읽고 만화책을 탁 덮은 사이토는 진심으로 중얼거린다.

고작 만화책 한 권으로 문제 해결에 부쩍 가까워졌다.

생각할수록 이 만화의 내용은 전부 맞는 것 같았다.

그 정도로 미묘한 심리를 잘 묘사한 만화다.

다시 페이지를 촤라락 넘겨 보다가 중반쯤에 있었던 이벤트가 눈에 들어왔다.

〈남 앞에서 자지 마. 넌 귀여워서 오해받기 쉽다고.〉

〈……괜찮아. 여자는 좋아하는 사람 앞이 아니면 이런 행동 안 하니까.〉

그것은 히로인이 깜빡 잠들었을 때의 이야기.

처음에는 머릿속이 온통 타쿠미로 가득해서 아무 생각 없이 건너뛰었던 장면.

그러나 지금은 다르다.

여유가 생겨 이 장면의 의미를 곱씹자마자 소꿉친구에게 시선이 갔다.

이 장면이 모든 여자에게 해당한다면.

지금 무방비한 모습으로 잠든 리리는 사이토를——.

"——좋아하……나?"

사이토는 자기가 말해 놓고도 선뜻 실감이 나지 않았다.

말의 의미를 이해하지 못하는 게 아니다.

마음이 끌리는 것.

마음에 드는 것.

전에 국어사전을 찾아본 적이 있어서 알고 있다.

그러나 이 단어는 사전에 적힌 것 이상으로 복잡하다.

좋아한다는 것에도 몇 가지 종류가 있다.

친구로서. 가족으로서. 이성으로서.

어디까지 마음에 드는지, 어디까지 마음이 끌리는지.

거기에도 기준이 있고, 그 기준도 사람마다 다르다.

그래서 좋아한다는 단어는 몹시 모호하고 명확한 답이 존재하지 않는다.

아까 읽은 만화처럼 히로인이 부잣집 장남에 대해 품고 있는 감정과 리리가 사이토에 대해 품고 있는 감정이 같은

지는 알 수 없다.

"설마 그럴 리가."

단, 이 소꿉친구에 한해서는 그럴 리 없을 것이다.

리리는 옛날부터 사이토의 앞에서 자주 잠이 들었다.

같을 리가 없다.

"그런데 왜 이렇게 더워? 아, 리리가 달라붙어 있어서인 가? 슬슬 깨워야겠다. 야!"

"으응?"

그렇게 결론 내리고 리리의 몸을 흔들어 깨우는 사이토 의 뺨은 왠지 발그스름했다.

지금부터 이야기할 내용은 어떤 소년이 꾼 꿈.

한 서툰 소년의 사랑 이야기다.

소년이 여섯 살 때 열린 사교회에서 어떤 소녀와 만났다.

"자, 잘 부탁해요. 시라유리 코유키, 라고 해요."

"~~?! 잘 부탁해. 나는 호조 타쿠미, 여섯 살."

처음 인사를 나눈 그 순간, 타쿠미는 사랑에 빠졌다.

코유키의 현재 모습으로는 상상할 수 없는 어색한 인사.

다섯 살치고는 야무지지만 언젠가 높은 자리에 오를 사
람치고는 몹시 미숙하고 불안한 인사였다.

누군가가 돌봐 줘야 해.

그것이 타쿠미의 보호 본능을 자극했다.

그 뒤로 타쿠미는 사교회나 파티에서 만날 때마다 코유
키의 옆에서 충고했다.

〈아랫사람들한테는 기본적으로 가볍게 인사하면 돼, 바
보야.〉

〈자사 그룹 주요 간부의 이름은 전부 외우라고 그렇게
말했잖아?! 이 멍청아!〉

〈네, 네, 알겠어요.〉

그러나 타쿠미는 삐딱했다.

아무리 해도 다정한 말이 나가지 않았고, 착한 코유키는 귀찮아하면서도 타쿠미의 어드바이스를 거절하지 않았다.

그런 보람이 있었는지 어쨌는지 이래저래 몇 년 뒤.

코유키는 어디에 내놓아도 부끄럽지 않은 숙녀가 되었다.

모두가 시선을 빼앗길 정도로 아름답고 주변 사람들을 매료시킬 만큼 훌륭한 숙녀가.

하지만 그때부터다.

〈……안녕하세요, 타쿠미 님.〉

〈웃는 얼굴이 어색해. 다시.〉

그녀의 얼굴이 어두워진 것은.

타쿠미는 나중에 부모님한테 들어서 알게 되었지만, 코유키는 그녀의 부모님과 어렸을 때부터 사이가 좋지 않았다고 한다.

엄하게 대할 줄밖에 몰랐던 코유키의 부모님은 딸을 어떻게 대하면 좋을지 몰라 차갑게 굴거나 피해 다녔던 모양이다.

그 결과, 코유키는 부모님에게 애정을 기대하는 것을 포기하고 대신 주위에서 애정을 구하게 되었다고 한다.

그러나 코유키는 그룹 대표의 외동딸. 싫든 좋든 모두 코유키를 특별 대우하면서 공손하게 대하기는 했지만, 애정을 쏟는 사람은 없었고, 그녀는 절망했다.

그러던 어느 날, 같은 입장에 있는 타쿠미는 어떤 부탁을 받았다.

〈우리 딸을 도와주지 않겠니?〉

코유키의 부모님이 타쿠미에게 부탁해 온 것이다.

같은 입장에 있는 타쿠미라면 그녀가 원하는 존재가 되어 주리라는 기대로.

하지만 슬프게도.

타쿠미는 여전히 코유키의 앞에서는 솔직해질 수 없는 샤이 보이.

그런 타쿠미가 그녀가 바라는 순애보를 줄 리 만무하여 결과는 실패.

평소처럼 코유키의 흠을 찾아내어 이러쿵저러쿵 지적하는 것밖에 할 줄 몰랐다.

코유키의 부모님은 낙담했지만, 언젠가 타쿠미가 솔직해질 가능성에 기대를 걸고 계속해서 딸을 맡겼다.

그로부터 3년이 지났을 무렵, 전기가 찾아온다.

코유키를 평범한 한 여자로 보고 애정을 주는 사람이 나타난 것이다.

이름은 니시조노 하루키.

고등학교에 갓 입학한 신입생으로, 그는 타쿠미가 오랜 세월이 지나도록 열지 못했던 마음의 문을 너무도 쉽게 열고 코유키의 마음을 빼앗았다.

──웃기지 마.

분했다.

질투심에 미칠 것만 같았다.

줄곧 짝사랑했던 상대를 풋내기에게 빼앗기고 만 것이다.

기분 좋을 리 없었다.

어떻게든 해야 해.

〈타쿠미, 코유키와 약혼하는 건 어떤가?〉

〈네?〉

타쿠미가 그렇게 생각했을 때, 코유키의 부모님이 약혼 이야기를 꺼냈다.

약혼하면 코유키의 보는 눈도 달라질지 모른다는 희망적인 관측에서.

타쿠미는 옳다구나 싶었다.

곧바로 약혼 이야기를 수락해야지 하다가, 문득 코유키의 행복한 얼굴이 떠올라 냉정해졌다.

자신이 코유키를 빼앗아도 될까?

좋을 리 없었다.

그 오랜 세월을 곁에 있으면서 아무것도 해 주지 못했던 자신보다는, 하루키가 더 행복하게 해 줄 수 있을 것이다.

〈죄송합니다. 전 코유키와 약혼할 수 없습니다.〉

그래서 타쿠미는 약혼 제안을 거절했다.

〈어째서?! 그렇게 코유키를 좋아했으면서?!〉

〈그래. 거짓말할 필요 없어, 타쿠미.〉

당연히 부모님들은 추궁했다.

정기적으로 코유키와의 관계를 놀려댔던 그들은 타쿠미가 코유키를 얼마나 좋아하는지 알고 있다.

당연하리라.

그러나 타쿠미는 완강히 부정했다.

자신들은 사이가 나쁘다고.

그러나 부모님들은 납득하지 않았다.

이날부터 부모님들을 납득시키기 위해 코유키에게 미움을 받으려고 연기하는 고통의 나날이 막을 열었다.

◇

다음 날 점심시간.

당장에라도 비가 내릴 듯한 찌뿌둥한 하늘 아래, 사이토는 교실을 뛰쳐나가 비밀의 정원으로 갔다.

"안녕하십니까."

"아, 너구나."

발을 들여놓자마자, 물을 주고 있는 타쿠미와 조우.

가볍게 인사를 나누고 옆에 나란히 섰다.

""……""

어제 일 때문인지 두 사람 사이에 어색한 공기가 흐른다.

그러나 사이토는 이런 분위기가 싫었다.

아무 말도 안 하고 있으면 몸이 근질거린다.

이내 인내심의 한계를 느낀 사이토는 단도직입적으로 말을 꺼냈다.

"학생회장한테 시라유리 선배는 어떤 존재예요?"

"……알고 있었군."

"네. 친구의 조력을 얻어서 여차저차."

그 말에 물을 주고 있던 타쿠미의 손이 뚝 멈췄다.

슬쩍 옆얼굴을 쳐다보니 체념의 기색이 보였다. 타쿠미는 들고 있던 물뿌리개를 바닥에 내려놓았다.

이번에는 단념하고 이야기를 들어줄 모양이다.

"질문에 대답하기 전에 하나 묻고 싶은데, 반대로 너한테 소꿉친구는 어떤 존재지?"

그러나 타쿠미의 입에서 같은 질문이 되돌아왔다.

"같이 있으면 마음이 편한 상대죠. 오랫동안 같이 있어서 상대가 뭘 좋아하고 뭘 싫어하는지 잘 알거든요. 싫어하는 걸 알면서 하게 되는 행동도 있지만요. 하지만 이러니저러니 해도 같이 있어 주는 둘도 없이 소중한 존재죠."

시작하자마자 한 방 얻어맞은 기분이 들었지만, 사이토는 타쿠미도 솔직하게 말해 줬으면 하는 마음으로 자기 생각을 전달한다.

그러자 타쿠미는 "너다운 대답이군" 하며 몹시 부럽다는 표정을 지었다.

"그런가요?"

평범한 대답을 했을 뿐인 사이토는 타쿠미가 왜 그런 표정을 짓는지 알 수 없었다.

"그래, 정말이다. 보통 소꿉친구란, 네가 생각하는 것보다 더 얕은 관계이기 마련이다. 어릴 때는 사이가 좋았지만, 시간이 지나면서 잘 놀러 가지도 않고, 말도 잘 안 섞지. 나중에는 그저 아는 사이가 되는 경우가 대부분일 거다. 개중에는 도중에 싸워서 완전히 소원해지는 경우도 있을 테지. 너희처럼 사이가 좋은 경우는 극히 드물어. 지금도 사이가 좋은 건 아마 네가 그만큼 잘했기 때문일 거다."

그러나 타쿠미의 말에 의하면, 사이토가 생각하는 소꿉친구는 흔한 케이스가 아닌 모양이다.

본래의 소꿉친구라는 관계는 더 차갑고 멀다.

사이가 좋은 것은 자기 덕분이라는 말도 들었지만, 선뜻 실감이 나지 않았다.

왜냐하면 사이토는 평범하게 대했을 뿐이니까.

"그렇군요. 그럼 다시 한번 묻겠는데, 학생회장님한테 소꿉친구는 어떤 존재죠?"

사이토는 석연치 않은 마음으로 타쿠미에게 다시 의견을 물어본다.

"그저 오래된 사이. 특별한 존재는 아니야. 내게 소꿉친구란 아는 사이의 다른 표현일 뿐이지."

돌아온 것은 아까 타쿠미가 소꿉친구에 관해서 했던 것과 똑같은 말.

타쿠미는 자신과 코유키가 얕고 차가운 관계라고 말했다. 그러나 사이토는 거짓말이라고 생각했다.

이유는 이 말을 했을 때 타쿠미의 표정이 어두웠기 때문.

"그냥 아는 사이니까 미움받아도 된다고요?"

"그래. 관계가 끊어져도 전혀 상관없어."

"약혼 이야기가 오갔는데도요?"

"……! 어떻게 그걸 알았지?! 대답해!!"

타쿠미의 본심이 알고 싶다.

그런 심정으로 그에게 의문을 던지자 별안간 잡아먹을 듯한 얼굴로 사이토의 멱살을 잡았다.

"켁! 가, 같은 반 친구가 그런 소문을 들었다고 했어요."

"난 그런 소문 몰라. 아버지가 꾸민 일이겠지. 그 친구 당장 불러와. 어떤 놈이 소문을 퍼트렸는지 알아내야겠어."

"침착하세요. 학생회장님. 갑자기 왜 이러시는 거예요?"

"왜는 왜야! ……제길. 쓸데없는 짓 하지 말라고 그렇게나 말했는데. 내 노력을 허사로 만들 셈이냐?!"

너무나 갑작스러운 변화에 사이토는 당황한다.

제발 멱살을 잡은 손을 풀고 침착하라고 말했지만, 효과는 없음.

분이 안 풀리는지 뭐라고 중얼거리고 있다.

도저히 이야기를 들어줄 분위기가 아니라 사이토는 실례를 무릅쓰고 당수치기를 날렸다.

"큭! 무슨 짓이야?!"

"차분하게 이야기를 들어줄 것 같지 않아서 한방 실례했습니다."

"미나즈키 너 이 자식! ……아, 미안. 좀 흥분했어. 추한 꼴을 보였네."

당연히 타쿠미는 화를 냈지만 역시 총명한 학생회장.

곧 의도를 이해했는지 냉정을 되찾았다.

"괜찮아요. 그리고 저도 잘 모르지만, 오해하실 것 같아서 말해 둘게요. 이 소문은 학생회장님과 시라유리 선배의 부모님들이 친하다는 기사를 보고 두 사람이 소꿉친구라는 것을 알게 된 여자애들이 멋대로 상상했을 가능성이 있는 것 같아요. 친구가 말하길 〈소꿉친구끼리 약혼하는 건 공식이잖아~〉라고 했었어요."

"뭐야, 그 말투는? 아무튼 내가 너무 속단했어. 하긴 여자들은 뭐든 연애랑 연관 지으니까. 그럴 수 있지. ……그래도 일단 알아는 봐야겠어."

"그런데 아까는 왜 그렇게 당황하신 거예요? 제 노력이 어떻다고 하셨는데. 역시 시라유리 선배를 그냥 아는 사이라고 생각하지 않는 거죠?"

찰나의 착각.

그러나 제 무덤을 파기에는 충분한 시간.

사이토가 능글맞게 웃으면서 추궁하자 타쿠미는 "윽" 하며 겸연쩍은 듯 얼굴을 돌리더니 이윽고 체념한 듯 한숨을 쉬었다.

여기까지 오면 그다음은 사이토의 일방적인 경기.

"맞아. 나는 코유키를 아는 사이 이상의 소꿉친구라고 생각하고 있어."

"어떤 식으로요?"

"……손이 많이 가는 여동생."

"그리고요?"

"얼굴도 괜찮고 성격도 좋은 여자."

"더 있을 것 같은데. 하나 더요."

"……후우. 적당히 해. 알았어, 말하면 되잖아, 말하면! 좋아해. 난 코유키를 소중하게 생각해."

"오오~, 진짜요?!"

"왜 놀라는데! 어느 정도 예상했잖아?!"

"맞습니다. 하지만 좀 더 삐딱한 대답이 나올 줄 알았거든요. 그렇게 직설적인 대답일 줄은 생각도 못 했어요."

질문 공세를 퍼붓자 타쿠미가 코유키를 어떻게 생각하는지 줄줄이 나온다.

타쿠미가 코유키라는 소꿉친구를 어떻게 생각하는지 단

박에 알았다.

"후, 그래서 내 입으로 이 말을 하게 한 다음엔 이제 어쩌려고? 설마 이제 와서 코유키를 심하게 대하지 말라고는 하지 않겠지?"

자신의 감정을 적나라하게 말하고 토라지는 타쿠미.

'이만큼 말했으면 이제 알겠지?' 하는 눈빛으로 호소해 왔지만 유감스럽게도 사이토는 말귀를 잘 알아듣는 후배 캐릭터가 아니다.

"네, 당연하죠. 잘 알았어요. 회장님은 초능력자인 거죠?"

"너 바보냐! 좋아하는 상대한테 그러는 건 심오한 이유가 있어서야. 그만두라고 해서 관둘 수 있는 게 아니라고!"

사이토가 얼떤 표정으로 진심으로 잘 알았다고 칭찬하자, 타쿠미는 남의 각오를 무시하지 말라면서 발끈했다.

"그 심오한 이유라는 게, 그렇게 해야 시라유리 선배가 행복해질 수 있다, 뭐 그런 거죠?"

"……어떻게 알았지?"

"소꿉친구가 권해 준 만화에 회장님 같은 캐릭터가 나오는데, 지금 회장님이랑 하는 짓이 똑같거든요. 나는 이 녀석을 행복하게 해 줄 수 없어, 뭐 그런."

"……내 행동이 그렇게 뻔했나?"

"흔한 전개인 모양이더라고요. 제가 보기엔 시시하지만."

그러나 그 각오는 만화에 나온 그대로.

사이토가 보기에는 진심으로 답이 없었다.

대체 왜 그런 짓을 하는지 모르겠다는 경멸의 눈빛을 보내자, 타쿠미는 할 말을 잃었다.

"나는 행복하게 해 줄 수 없다니, 그런 말이 어디 있어요? 해 보지도 않고 어떻게 알아요! 그렇게 상처를 주는 게 뭐가 '이 녀석을 위해서'예요? 멋대로 정하지 마세요. 멋대로 이야기를 진행하고 만족하지 말라고요. 누가 그래요? 그 사람한테 오해 주기 싫으면 떨어지라고 누가 그랬냐고요?! 아무도 안 그랬죠?! 그 사람이 뭘 원하는지는 본인한테 물어보지 않으면 모르잖아요! 멋대로 편한 쪽으로 도망치고 멋대로 자기만족하지 말아요!! 편한 쪽으로 도망치지 말고 정면 승부하라고요. 학생회장님!"

타쿠미의 어깨를 붙잡고 생각을 모조리 쏟아내는 사이토.

지금까지의 울분을 해소하듯 쉴 새 없이 토해낸 그 말이 타쿠미의 마음을 울렸는지 안경 속 눈동자가 크게 흔들린다.

이윽고 타쿠미는 눈을 내리깔고 코유키와의 관계를 조금씩 털어놓기 시작했다.

그러나 그것은 참회에 가까운 것이었다.

코유키에게 줄곧 솔직하지 못했던 자신에 대한 분노.

괴로워하는 소꿉친구를 돕지 못하는 자신의 한심함.

오랫동안 짝사랑하고 있는 여자를 다른 남자에게 빼앗

긴 것에 대한 못난 질투.

좋아하는 여자에게 미움받는 것에 대한 견디기 힘든 고통.

무엇보다도 이런 자신이 이제 와서 코유키에게 솔직해도 될까, 하는 커다란 불안감.

그것을 전부 다 들은 사이토는 타쿠미의 불안을 날려 버리기라도 하는 것처럼 쾌활하게 웃고 엄지를 들면서 이렇게 말했다.

"괜찮을 거예요! 어떻게든 돼요. 제 감이 그렇게 말하고 있어요."

"그런 무책임한 말로 뭘 어떻게 하라는 거냐?!"

"걱정하지 마세요. 제 감은 꽤 잘 맞는 걸로 유명하거든요."

"아무리 그래도 그렇지 전혀 설득력이 없잖아! 뭐 다른 말 없어?"

타쿠미는 끝까지 매우 무책임한 응원을 보내는 사이토에게 항의한다.

그러나 이미 최선의 응원을 선보인 사이토는 무슨 말을 하면 좋을지 몰라 머리를 벅벅 긁었다.

'난 센스 있는 말 잘 못하는데.'

마음속으로 변명하고 있는데 타쿠미가 간절한 눈빛을 보냈다.

'선배는 앞으로 최선을 다할 생각인데 내가 최선을 다하지 않는 건 말이 안 되지.'

"알았어요. 그럼 마지막으로 이 말씀만 드리죠."

사이토는 각오를 다진다.

분명 타쿠미의 미래는 지금의 한마디로 바뀐다.

좋은 방향으로 바뀔 것인가, 나쁜 방향으로 바뀔 것인가.

책임이 막중하다.

그러므로 필사적으로 생각해서 다시 한번 응원을 보낸다.

"시라유리 선배를 위해서 이렇게 고민하고 괴로워하고 상처받은 사람을, 그 사람이 밀쳐낼 리 없어요. 원래도 그렇게 생각했지만, 선배 말을 듣고 확신이 들었어요. 그러니까 평소처럼 당당하게 가세요, 학생회장님!"

이것이 사이토가 할 수 있는 최선의 응원.

진지한 분위기는 오글거려서 마지막에 장난스럽게 해버렸지만.

그것이 오히려 사이토다웠다.

타쿠니는 "품" 하고 웃더니 이어서 "그래" 하고 만족스럽게 고개를 끄덕였다.

리리는 시끌벅적한 점심시간의 교내를 혼자 방황하고
있었다.

'오늘도 평소대로 같이 먹을 줄 알았는데, 갑자기 뛰어나
가면 어떻게 하라고? 슈리와 미나카는 학식이고……'

평소 같으면 이미 사이토와 옥상에 있을 시간.

그러나 오늘은 소꿉친구 소년이 볼일이 있다면서 점심
시간이 되자 갑자기 바람을 맞혔다.

그 때문에 다른 친구들과 약속도 못 잡게 된 리리는 점
심을 어디서 먹을지 고민에 빠졌다.

"볼일이 있으면 아침에 미리 말하란 말이야……"

이 사태를 낳은 소꿉친구에게 쏘아붙이면서 일단 자판
기에서 홍차를 구매.

"마치가네 진짜 귀엽지 않냐?"

"그러게. 저 새하얀 발에 뺨을 부비부비 하고 싶다."

야외 테라스석으로 시선을 돌렸지만, 빈자리가 없었다.
사람들의 시선이 자신에게 쏠리는 것을 느꼈다.

그중 음흉한 시선 하나를 느끼고 오싹해져서 리리는 재
빨리 그 자리를 떠났다.

교실로 돌아갈까, 옥상에 갈까.

리리에게 있는 선택지는 두 가지.

사실은 아무도 없는 빈 교실이 있으면 제일 좋겠지만, 보안이 철저해서 수업이 끝나면 바로 문을 잠그고 매일 경비가 제대로 잠겼는지 체크하고 다니기 때문에 절대로 열려 있지 않다.

그 때문에 타임 리프 전에는 남들 눈을 피해 화장실에서 먹은 적도 몇 번 있었지만, 그건 정신적으로 최악이었다.

그건 정말로 극악의 상황이 되었을 때 꺼내는 리설 웨폰.

가능하면 평범한 곳에서 먹고 싶다.

〈옥상의 이 자리는 남들 눈에 띄지 않아서 추천이야.〉

그때 예전에 코유키가 했던 말이 떠올랐다.

옥상에는 누구의 눈에도 띄지 않는 사각이 딱 한 곳 존재한다.

그것은 테라스 쪽에 있는 산울타리.

얼핏 테라스 끝에 딱 붙어 있는 것처럼 보이지만 사실 여백이 딱 한 곳 있는데, 안으로 들어가면 벤치가 하나 설치되어 있는 것이다.

사이토나 친구들이 늘 곁에 있어서 지금까지 혼자 있고 싶다는 생각이 별로 들지 않았기에 지금껏 잊고 있었다.

"오랜만에 가 볼까?"

어쩐지 그리운 마음이 들어서 발은 말보다 먼저 옥상을 향해 걷고 있었다.

계단을 총총 올라가 옥상으로 나가자, 평소 보이던 얼굴들이 보인다.

많지도 적지도 않은 수의 학생들이 각자 편하게 쉬고 있다.

리리는 그들에게 들키지 않도록 몰래 이동하며 주변을 확인한다.

아무도 보고 있지 않다는 것을 확인하고 산울타리 안으로 들어갔다.

한 사람이 겨우 지나갈 수 있는 길을 지나자 곧 탁 트인 장소가 나온다.

다다미 두 장 정도의 공간에 벤치 하나가 덩그러니 놓여 있는데, 거기에 먼저 온 손님이 있었다.

"시라유리 선배?"

"마치가네?"

리리에게 이곳을 가르쳐 준 장본인이자 한 살 많은 선배. 시라유리 코유키가 벤치에 앉아 있었다.

이쪽을 놀란 얼굴로 쳐다보는 그녀의 눈가는 왠지 빨갛게 부어 있었다.

"여긴 어떻게 알았어? 나만의 비밀 장소인데."

'아차.'

리리는 흔들리는 눈동자로 이쪽을 응시하면서 어떻게 알았느냐고 묻는 코유키의 말에 식은땀을 흘린다.

원래 이곳은 7월경까지는 그녀밖에 몰라야 할 시크릿 존.

사람들의 시선이 무섭다고 고백한 리리를 보다 못해 특별히 코유키가 가르쳐 준 장소다.

그런 곳을 어떻게 아느냐는 그녀의 의문은 당연하다. 리리는 최대한 머리를 굴려서 필사적으로 변명을 생각했다.

"아~, 사이토가 점심시간에 〈여기 공간이 있을 것 같은데〉 하면서 이리로 뛰어들어서 우연히 발견했어요."

"그렇구나. 호기심 왕성한 미나즈키라면 그럴 만도 해."

겨우 쥐어짠 변명은 코유키를 납득시키기에 충분했던 모양이다.

아슬아슬하게 위기 상황을 모면한 리리는 안도의 한숨을 내쉰다.

"마치가네가 사용할 거면 난 이쯤에서 실례할게."

코유키는 리리의 손에 들린 도시락을 보더니 사정을 짐작했는지 벌떡 일어나 자리를 피해 주려고 한다.

"아, 저기, 선배, 괜찮아요? 전 다른 곳에서——."

하지만 리리는 그것을 저지했다.

코유키의 눈가가 빨갛게 된 것은 그만큼 우울한 일이 있었다는 뜻이므로.

혼자 있고 싶은 것은 분명 코유키일 터.

리리는 그저 배려해서 한 말이었다.

그러나 그것이 코유키의 건드려서는 안 될 부분을 건드

린 모양이었다.

"……괜찮냐고? 괜찮을 리 없잖아?!"

그녀답지 않게 표정에 분노를 드러내며 소리를 질렀다.

"왜? 어째서? 왜 너만?! 아끼고 사랑해 주는 부모님도, 멋진 소꿉친구도, 그의 총애도 전부 갖고 있는 건데?! 치사해. 치사해. 치사해. 치사해. 치사해. 치사해. 치사해. 나도 하나쯤 가져도 좋잖아?! 왜 또 방해하는 건데?! 나도 행복해질 수 있잖아?! 싫어. 싫어. 싫어. 나를 이렇게 괴롭게 만드는 네가 정말 싫어!"

"……네?"

코유키가 자신에게 느닷없이 이런 격정을 쏟아낼 줄 몰랐던 리리는 충격으로 굳어 버린다.

"그러니까 상관하지 마! 나한테 접근하지 마! 제발 부탁이니까!"

코유키는 놀라서 할 말을 잃은 리리를 두고, 마지막으로 토해내는 듯한, 그러면서 매달리는 듯한 말을 남기고는 산울타리를 헤치고 가 버렸다.

'이게 어떻게 된 거지?! 코유키 선배까지 타임 리프 했다는 말은 못 들었는데! 하긴…… 했어도 말해 주지 않았겠지만. 대체 이게 무슨 일이람. 설마 타임 리프 한 사람이 세 명이나 될 줄이야. 이런 건 보통 한두 명만 하는 거 아니야?! 정말 뭐가 뭔지 모르겠네!'

혼자 남겨진 리리는 패닉 상태.

갑자기 많은 정보가 들어오는 바람에 뭐가 뭔지 알 수 없어졌다.

"쓰읍─. 하─."

'치, 치, 치, 침착해, 침착해. 이, 일단 하나하나 떠올리면서 확인해 보자. 먼저─.'

리리는 한번 심호흡하고, 우선 사태 파악을 해 본다.

코유키는 왜 울고 있었나?

──모르겠다.

갑자기 왜 화를 냈나?

──모르겠다. 그냥 기분 나쁜 일이 있어서?

코유키는 왜 나에게 화풀이했을까?

──잘은 몰라도 그녀가 나한테 복잡한 감정이 있기 때문인 것 같다.

다정한 소꿉친구와 가족이 있다는 것에 대한 부러움.

전혀 의도한 바는 아니지만, 하루키의 의식이 리리를 향해 버렸다는 것에 대한 분노.

기껏 타임 리프 했는데 잘 풀리지 않는 것에 대한 불만.

무엇보다도 자신이 갖고 싶었던 것을 전부 갖고 있는 리리에 대한 강렬한 질투.

이 모든 것이 뒤섞여서 비대해진 감정을 리리가 건드려서 터트려 버린 듯하다.

이상을 종합해 볼 때 하나 앞의 물음에 대한 답은 알았지만, 첫 번째 물음인 왜 울고 있었는지는 알 수 없었다.

"무슨 일이 있었던 거지? 뭐, 어차피 하루키 녀석이 이상한 짓을 한 거겠지만."

그렇게까지 감정이 동요하고 있었다는 건 전 남친이 얽혀 있는 것이 틀림없다.

정말 쓸데없는 짓만 하고 다닌다니까, 하고 리리는 한숨을 쉬면서 벤치에 몸을 기댄다.

"……어떻게 하는 게 좋았을까?"

오른팔로 두 눈을 가리고 혼잣말을 중얼거린다.

상처를 주려던 것은 아니었다.

코유키는 과거 세계에서 큰 도움을 주었던 은인이다.

그녀의 행복을 방해할 마음은 요만큼도 없었다.

오히려 그녀가 행복해지기를 진심으로 바라고 있다.

"두 사람이 사귈 수 있도록 내가 움직였어야 했나? 하지만 미즈키도 응원하고 싶고, 이제 곧 찾아올 그 애도 응원하고 싶은데…… 아~, 어렵다."

하지만 하루키를 가운데 두고 싸웠던 다른 여자애들도 한 명만 빼고는 전부 좋은 아이들이다.

리리는 누구 한 사람을 편들 수 없을 것 같았다.

그렇지만 그토록 피폐해진 코유키를 내버려둘 수도 없다.

완전히 샌드위치가 된 리리는 답답한 마음을 토해내기

라도 하듯이 "……후아~" 하고 신음한다.

그러자 바스락거리는 소리가 들리더니.

"여기서 뭐해, 리리?"

소꿉친구 소년이 모습을 드러냈다.

"사이토~!"

그 순간, 알 수 없는 안도감이 밀려와 리리는 어리광을 부리면서 안긴다.

"오구오구. 내가 없어서 외로웠어?"

"그건 아니지만, 그렇다고 해 두자."

사이토에게는 그 모습이 아빠가 없어져서 외로워하는 어린애처럼 보였는지 머리를 쓰다듬어 준다.

어린애 취급을 당해 떨떠름한 기분이 되지만, 머리를 쓰다듬어 주자 그 이상으로 기분이 좋아져서 꾹 참고 잠시 쓰담쓰담 천국을 만끽했다.

"그래서, 무슨 일이야?"

사이토가 쓰다듬는 것을 멈추고 나란히 벤치에 앉아 무슨 일이 있었는지 물어 온다.

가능하면 미주알고주알 털어놓고 싶지만, 그러려면 타임 리프 한 사실까지 말하지 않으면 안 되므로 울며 겨자 먹기로 참는다.

"그냥 좀 싸워서, 울적해서."

얼렁뚱땅 사정을 설명했다.

"그렇군. 그래서 흠씬 두들겨 주고 반성하고 있었던 거로군."

"그래, 가 아니라 난 그런 짓 안 해! 그건 사이토가 속으로 나를 어떻게 생각하는지 자세히 들을 필요가 있어 보이는 발언이네."

"아얏, 잘못했어. 사과할 테니까 용서해 줘."

그것으로 사이토도 리리가 별로 자세히 얘기할 마음이 없다는 것을 안 것이리라.

평소의 말장난으로 승화시키자 울적했던 기분이 얼마간 나아졌다.

"그런데 사이토는 무슨 일이었어? 점심시간이 되자마자 볼일이 있다면서 교실을 뛰어나갔잖아."

이야기가 일단락되자, 이번에는 리리가 사이토에게 점심시간에 뭘 했는지 묻는다.

"아, 회장한테 갔었어. 시라유리 선배 일로 할 말이 있어서."

"추진력 끝내주네! 그래서 어떻게 됐는데?"

"잘 됐지. 친해지도록 노력하겠대. 미움받고 싶지 않으면 미움받을 짓을 하지 마라, 이거야. 안 그래?"

"아하하하, 그렇지."

말하는 걸 보아하니 타쿠미가 안고 있는 문제를 무력으로 해결하고 온 모양이다.

뭐랄까 사이토답다고 생각했다.

그와 동시에 이 소꿉친구에게 찍혀 버린 타쿠미에게 동정도 갔다.

사이토는 간단한 문제라고 생각하는 듯하지만, 자신의 감정을 솔직하게 말한다는 것은 어려운 일이다.

그것도 한창 사춘기라면 더 어렵다.

그런 사춘기 소년을 덜렁이 사이토가 변화시켰다면 힘으로 밀어붙인 것이 틀림없다.

'불쌍해라.'

별로 교류는 없지만, 리리는 마음속으로 타쿠미의 명복을 빌었다.

"회장 말을 듣고 안 건데, 시라유리 선배 참 대단한 사람이야. 회장이 옛날부터 그렇게 싫은 소리만 해댔는데 나한테 〈평범한 관계야〉라고 했거든. 나라면 싫은 놈이나 짜증나는 놈이라고 했을 텐데."

사이토는 타쿠미와의 대화를 떠올리고 코유키를 칭찬했다.

같이 어울려 논 것도 아니고 특별한 추억이 있는 것도 아니다.

단지, 싫은 소리만 해대는 소꿉친구하고 참 잘도 지내는구나, 그렇게만 생각했다.

"나도, 시라유리 선배랑 같은 입장이라면 절대 그렇게

못 할 거야."

사이토와 같은 의견인 리리도 고개를 끄덕인다.

그런 상대와 계속 관계를 맺어 나가기는 싫다.

어떤 시점에서 관계를 끊으려고 할 것이다.

"……하지만 시라유리 선배의 사정을 생각하면 내심 기뻤을 것 같기도 해. 대등하게 대해 주는 것이."

머릿속에서 있지도 않은 싫은 소리를 하는 소꿉친구를 날려 버리고 있는데, 사이토가 불쑥 그런 말을 중얼거렸다.

"무슨 뜻이야?"

리리는 그 말에 자기도 모르게 물음표를 내민다.

코유키가 마조히스트라는 뜻일까?

아니, 이 소꿉친구의 진지한 말투를 보면 그건 아닐 것이다.

리리는 얌전히 사이토의 다음 말을 기다렸다.

"시라유리 선배, 옛날부터 부모님하고 사이가 안 좋았다나 봐. 그래서, 뭐랄까, 음, 외로움을 잘 타는 것 같아. 하지만 주변 사람들도 특별 대우를 해 주니까 좀처럼 친해지지 못했는데 그런 가운데 유일하게 옛날부터 특별 대우하지 않고 한결같은 태도로 대해 주는 학생회장을 좋아하게 된 게 아닐까 하는 거지. 뭐, 내 감이지만."

"그렇구나."

사이토가 말한 고찰 속에는 리리가 몰랐던 코유키의 약

한 모습이 있었다.

놀랐지만 그 이상으로 '있었다'는 사실에 안도했다.

"……뭐야. 코유키 선배한테도 멋진 소꿉친구가 있었 잖아."

자기한테는 아무것도 없다며 리리를 질투하고 절망했던 그녀의 손에도 멋진 것이 이미 있었다.

단, 이대로라면 첫 번째 때처럼 눈치채기도 전에 상실하고 말리라.

"좋아!"

"뭐야, 갑자기?"

당혹스러운 기색의 소꿉친구를 옆에 두고 두 뺨을 찰싹 때리면서 벌떡 일어나는 리리.

그리고 사이토 쪽으로 몸을 빙글 돌리고 짓궂은 미소를 지으면서 이렇게 말한다.

"앞으로를 생각하고 기합을 넣은 것뿐이야. 사이토, 학생회장과 시라유리 선배의 사이가 좋아질 수 있도록 도와줘."

이제부터 하려는 것은 리리의 일방적인 자기만족이자 괜한 오지랖일지도 모른다.

하지만 리리는 그렇게 하는 게 좋겠다고 생각했다.

사이토가 타쿠미를 위해서라고 생각해서 행동했듯이 자신도 코유키를 위해서 행동해야겠다고 생각한 것이다.

"……좋아."

사이토는 두어 번 눈을 깜빡인 뒤, 그렇게 말하고 리리처럼 웃으면서 벌떡 일어났다.

지금부터 시작하려는 것은 이기적인 소꿉친구들이 펼칠 비밀 작전.

모두가 행복해질 수 있는 미래를 위해.

"일단 점심시간이 되면 아카시한테 말을 꺼내 보자."

"응."

은밀히 움직이기 시작했다.

점심시간이 끝나기 직전.

"부회장, 잠깐 괜찮아~?"

"미안. 좀 바빠서. 다음에 부탁해."

"아아, 가 버렸다. 저렇게 허둥지둥하다가 넘어지겠다."

코유키는 교내를 달리고 있었다.

도중에 다른 학생들이 몇 번 말을 걸었지만, 있지도 않은 볼일이 있다고 얼버무리고 계속 달린다.

아무도 없는 조용한 곳을 향해서.

도서실, 학생회실, 비품 창고, 아무도 없을 것 같은 장소마다 사람이 있어서 전부 패스했다.

참 운도 없다.

코유키는 얼마 전까지만 해도 이럴 때 옥상 산울타리에 숨겨진 비밀 공간을 찾곤 했다.

타임 리프 한 뒤로 아직 아무한테도 알려주지 않았는데, 지금 가장 만나고 싶지 않은 여자가 찾아오다니, 완전히 예상 밖이다.

교내에서 코유키가 생각할 수 있는 장소는 다 생각했다.

그렇다면 다음으로 갈 곳은 학교 밖뿐이다.

코유키는 교실로 돌아가는 학생들의 물결을 거슬러 건

물을 나간다.

쿵.

"죄송합니다. 제가 부주의해서."

50m쯤 달렸을 때, 누군가와 부딪쳐 코유키는 엉덩방아를 찧는다.

"아, 괜찮아. 그런데, 코유키?"

상대의 얼굴을 확인했더니, 부딪친 사람은 하필 타쿠미였다.

'물뿌리개는 왜 들고 있지? 게다가 1, 2학년 건물 부근에서 뭘 하는 거야? ……아니지, 지금은 그런 건 아무래도 상관없어. 아무튼 아무도 없는 곳으로 가자.'

타쿠미가 왜 이곳에 있는지 의문은 많았지만 이내 코유키의 뇌가 위험 신호를 보낸다.

"……회장님. 실례하겠습니다."

이대로 있다가는 또 싫은 소리를 듣게 된다.

요즘 들어 타쿠미는 걸핏하면 화를 내는데, 마음이 약해진 지금은 그것을 더 못 견딜 것 같다.

재빨리 그렇게 판단한 코유키는 벌떡 일어나서 사과하고 다시 달리기 시작했다.

"곧 수업인데 어디 가——, 참나! 야!"

달리면서 무슨 소리를 들은 것 같았지만, 다행인지 불행인지 코유키의 귀에는 닿지 않는다.

평소 아무도 들어가지 않는 캄캄한 숲속으로 들어갔다.

온몸을 휘감는 눅눅한 공기를 참으면서 계속 걸어가자 얼마 뒤 시야가 확 밝아진다.

"여긴, 정원인가?"

타임 리프까지 합쳐서 약 3년 남짓 세이라 고등학교에 다녔지만, 이런 곳이 있는 줄은 몰랐다.

그러나 이내 이곳이 원래는 식물원이었다는 것을 떠올리고, 그 흔적이 남아 있는 거구나 하고 납득했다.

"예쁘다. 잘 가꿔져 있어. 여름에는 꽃이 만발할 것 같아. 이걸 다른 학생들이 안다면 고백 장소로 유명해지겠어. 예쁜 꽃에 둘러싸여서 고백받는 건 소녀들의 꿈이니까. 그런데, 이렇게 잘 가꿔진 곳이라면 관리인이 있을 법한데 안 보이네. 휴식 시간인가? 그러면 잠시 피난 장소로 써야겠다."

그렇게 오래 있을 생각은 없다.

마음이 정리될 때까지만 있자.

마음속으로 그렇게 변명하고는 분수 앞에 앉는다.

숨을 내쉬고, 하루키를 생각한다.

어제 코유키는 자신의 감정을 참지 못하고 하루키에게 고백했다가 차였다.

차인 이유는 이런 것이었다.

〈신경 쓰이는 사람이 있어요. 지금은 온통 그 사람 생각뿐이에요. 그걸 해결하지 않은 채 다른 사람과 사귀는 건

실례라고 생각해요. 그러니까, 죄송해요.〉

이미 알고 있는 대답이었다.

하지만 하루키의 다정한 성격에 약간의 기대가 있었다.

그렇지만 다른 여자가 마음에 있다는 걸 알면서 고백해서 잘 될 리가 없다.

그것도 아직 만난 지 한 달밖에 안 된 여자의 고백이다.

이 정도로 흔들릴 정도였으면, 첫 번째 때 그렇게 힘들어하지도 않았을 것이다.

단, 그것은 하루키와 리리도 마찬가지다.

그런데도 하루키의 마음을 온통 차지하고 있다.

그의 마음이 자꾸만 향하는 곳은 언제나 리리 쪽.

그런 건 너무 치사하다.

마치 이미 결과가 정해진 승부 아닌가.

코유키가 매일 조금씩 쌓아 온 시간보다 리리의 순간이 더 크다니 용서할 수 없다.

"……역시 운명을 바꾸는 건 불가능한 걸까?"

줄곧 생각하지 않으려 했던 것.

만일 두 사람이 사귀는 것이 신이 정한 일이라면.

코유키가 그것을 뒤집을 수 있을까?

그럴 수 없다면 무엇 때문에 과거 세계로 돌아와서──.

"──읔?! 후─, 후─."

거기까지 생각하자 코유키는 가슴이 다시 답답해진다.

'돌아가고 싶지 않아, 돌아가고 싶지 않아, 돌아가고 싶지 않아, 돌아가고 싶지 않아. 외톨이는 이제 싫어. 다시 아무도 사랑해 주지 않는 세계는 살아도 사는 게 아니야. 그러니까, 무슨 수를 써서라도 하루키를 손에 넣겠어.'

이미 코유키에게는 바꿀 수 있고 없고의 문제가 아니었다.

바꾸지 않으면 이번엔 진짜로 죽을 것이다.

이때 코유키의 마음속에 있던 순수한 연심은 깨끗이 사라졌다.

대신 싹튼 것은 오염된 진흙처럼 시커멓고 추한 무언가.

오로지 자신을 위해서.

어떤 비난을 듣더라도 자신을 사랑해 주는 존재를 손에 넣으리라.

"후훗…… 후후후……."

코유키는 하늘에 낀 먹구름처럼 음흉하게 웃었다.

5월의 마지막 토요일.

"오늘 반드시 이기자———!"

"""""와———!!!!"""""

기다리고 기다리던 체육 대회를 맞이한 학생들의 흥분은 최고조에 달해 있었다.

사이토와 친구들도 예외는 아니어서 교실을 나가기 전에 둥글게 모여 기합을 넣는 등 의욕 충만이다.

특히 남자들은 리리와 미즈키에게 멋진 모습을 보여 주려고 투지를 불태우고 있었다. 저들이라면 무조건 이기고 올 것이라는 믿음을 주는 그런 박력이 느껴졌다.

누구보다도 열심히 체육 대회를 준비해 온 사이토가 그것을 보고 만족스럽게 고개를 끄덕거리고 있는데 누가 옷자락을 잡아당겼다.

"……이거. 좀 늦었지만 겨우 부탁한 장수만큼 찍었으니까 줄게."

"……땡큐, 카이. 리리가 그러는데 여유가 있으면 오늘도 부탁하고 싶대. 갈 수 있어?"

"……당연하지. 맡겨 둬."

마치 시대극에 나오는 탐관오리의 거래처럼 그 자리에

쭈그려 앉아 비밀스러운 대화를 나누는 사이토와 카이.

"야, 이토치, 카이치. 뭐해? 다들 나갔어~."

하지만 여기는 교실. 쭈그려 앉아 봤자 숨을 데도 없어서, 마침 근처를 지나가던 슈리에게 들키고 만다.

"내가 문단속하기로 되어 있단 말이야. 그러니까 빨리 해, 이 바보야."

"마실 물이랑 수건은 잊지 마. 오늘은 멋대로 내 거 마시면 절대 용서 안 한다."

"네네~."

덤으로 미나카와 리리로부터도 재촉과 주의를 들으면서 비밀의 대화는 중단.

사이토는 봉투를 자신의 책상에 집어넣고 수건을 꺼내어 카이를 데리고 교실을 나간다.

밖으로 나가자, 운동장은 사람들로 북적대고 있었다.

세이라 고등학교의 전교생 수는 약 600명으로, 부모님들까지 오셔서 도합 1,800명.

거기다 체육 대회는 학교가 일반에 공개되는 날이기도 하다. 그 때문에 여기 있는 학생들의 친구, 여자친구, 남자친구, 견학 온 중학생들까지 거의 2천 명은 될 것이다.

사이토의 중학교 시절 친구들과 동아리 친구들도 와 있었다.

"사이토! 너 보러 왔다──."

"미나즈키, 진짜 세이라에 붙었구나. 거짓말인 줄 알았는데."

"네가 계주에서 실수한다는 데에 걸었으니까, 작년처럼 부탁해."

"다들 오랜만. 여전히 신랄하네. 응원 정도는 해 줘라."

"아, 미나즈키가 전에 보여 줬던 미소녀 소꿉친구도 있다."

"진짜네. 엄청 미인인 건 알았지만 실물로 보니까 더 예쁘다."

"가슴 진짜 크다. 세상은 불공평해."

"저기~, 불만스러운 얼굴로 만지지 말아 줄래?"

사이토는 오랜만의 재회를 반겼다. 리리가 그의 소꿉친구인 것을 알고 있는 소녀들은 리리를 마구 주물러댔다.

"오랜만── 슈리. 남친은 생겼어?"

"오랜만~. 입학한 지 두 달밖에 안 됐는데 생겼겠냐? 더 시간을 들여서 서로를 안 다음에 사귀는 거지."

"미나카, 다치지 말고 열심히 해."

"고마워. 적당히 열심히 할게."

"Wow, 사진 좋네요우."

"……고맙습니다."

"정말 좋은 사진인걸. 학생이 찍었다고는 믿을 수 없는 임장감이 있어. 졸업하면 당신 회사에서 고용해 보는 게 어때?"

"그게 괜찮네요우. 생각 있으면 이쪽으로 연락하세요우."

"……감사합니다. 엥?! 마치가네의 어머니?!"

미나카와 슈리도 중학교 시절의 친구들과, 카이는 왠지 크레에이터 기질의 리리의 부모님과 대화를 나누고 있었다.

"으르렁, 오지 말라고 했는데 왜 온 거입니까, 언니!"

"어머나~, 귀여운 여동생과 소꿉친구를 응원하러 오는 게 당연하잖아~? 뭘 그렇게 화를 내고 그래."

"그러면 그 무식하게 큰 가슴을 하루키에게 들이밀지 마입니다!"

"그, 그 미즈하 누나?"

"들이밀긴 누가 들이밀어? 어쩌다 닿은 거지. 요즘 더 커져서 감각이 둔해졌단 말이지. 뭐~, 미즈키는 모르겠지만."

"죽인다."

"미즈키, 진정해! 친언니한테 그러면 못써."

한편, 하루키는 사이토와 멀리 떨어진 곳에서 난리를 겪고 있었지만 모두 대화에 몰두해 있느라 아무도 눈치채지 못했다.

사이토와 리리는 옛 친구들과의 교류를 대충 끝내고 자신들의 텐트로 돌아갔다.

물통과 수건을 남자용, 여자용 바구니에 각각 넣고 집합 명령에 입장 게이트로 이동했다.

"3반은 이리 오세요──!"

"아, 회장님. 컨디션은 좀 어때요?"

입장을 위해 전 학년이 한꺼번에 문 뒤쪽으로 모여든다.

그 흐름에 몸을 맡기고 있는데 우연히 타쿠미가 옆에 나타났다.

"……괜찮아 보이나?"

"아니요. 오래된 버릇을 고치는 덴 시간이 걸리는 법이죠. 어쩌겠어요. 천천히 해나가기로 한 거잖아요."

타쿠미는 피곤한 얼굴이다.

아마도 코유키와 거리를 좁히려다가 다시 솔직하지 못하고 실패한 것이리라.

〈여자인 너한테는 그게 어울려. 이건 내 거야(여자한테 무거운 짐을 들게 할 수는 없어).〉

〈그렇게 작업하는 건 효율이 안 좋다는 것도 모르겠냐, 바보야? 정신 차리게 가서 세수나 하고 와(열사병으로 쓰러지면 곤란하니까 수분 보충을 하는 게 어때?)〉

사이토가 타쿠미를 설득한 뒤 타쿠미는 코유키와 친해지려고 접근했지만, 번번이 퉁명스럽게 굴어서 잘되지 않고 있다.

타쿠미는 그것이 답답한지 요즘 풀이 죽어 있다.

사이토도 답답하기는 마찬가지다.

그러나 타쿠미가 코유키를 위해 애쓰고 있다는 것은 알기 때문에 어깨를 두드리며 격려해 주었다.

"……그래. 아무튼 미나즈키는 마음껏 즐겨. 일주일 전부터 근질근질했지? 오늘은 다른 생각 말고 마음껏 해."

"넵. 회장님도 힘내세요. 그럼 전 이만 실례하겠습니다."

사이토는 타쿠미의 어두웠던 얼굴이 살짝 밝아진 것을 확인하고 자기 반 줄에 섰다.

"〈선서, 우리는 스포츠맨십에 따라 정정당당하게 싸울 것을 맹세합니다! 20○○년 5월 ○일 타나카 슌타, 하마노 미나미.〉""

입장 후, 체육위원장인 상급생의 선서로 체육 대회가 시작되었다.

1학년들의 첫 번째 종목은 태풍의 눈.

프로그램의 제일 처음에 있는 2학년들의 장대 눕히기 다음이라 참가 선수인 사이토와 슈리는 텐트로 돌아가자마자 곧바로 입장 게이트로 가게 되었다.

"그럼 다녀올게."

"나도 다녀올게~."

"……파이팅."

"응, 미나즈키, 야쿠모, 잘하고 와."

"슈리, 다치지 마. 바보 미나즈키는 걱정해 봤자고."

"사이토, 절대 지면 안 돼."

"그렇다입니다. 지면 다른 반에 가서 쑥대밭을 만들고 와입니다."

"그거 괜찮네. 그런데 그런 거 안 해도 이길 테니까 얌전히 응원 부탁해."

두 사람이 친구들에게 다녀오겠다고 말하자 저마다 응원을 보내 주었다.

사이토와 슈리는 응원을 등지고 걷기 시작한다.

"이토치, 요즘 몰래 뭘 하는 것 같던데 그게 뭐야?"

조금 거리가 멀어지자, 슈리가 아침에 엿들었던 대화가 궁금해서 견딜 수가 없는지 그것을 물어봤다.

"별것 아니야. 그냥 누가 친해지게 돕는 중이야."

리리가 〈뭘 하는 건지 말하고 다니지 마. 새 나가면 시라유리 선배가 알아챌 테니까〉라고 당부했기 때문에 사이토는 에둘러 설명했다.

"흐응, 학생회장하고 부회장, 아직 화해 안 했구나. 뭐, 그만큼 꼬인 사이니 어쩔 수 없지."

그러나 한번 상담한 적 있는 슈리는 역시나 금방 눈치 챘다.

"말하고 다니지 마라. 그리고 말해 두는데, 야쿠모의 추리는 틀렸어."

"아 그래? 꽤 자신 있었는데."

슈리가 보기와는 다르게 입이 무겁다는 것은 알고 있기 때문에 가볍게 당부만 해 둔다.

그 뒤 사이토가 착각을 지적하자 슈리는 어깨가 축 처졌다.

상당히 자신이 있었던 모양이다.

리리도 같은 의견을 냈었으니 어쩔 수 없다는 생각은 든다.

설마 좋아하는 사람한테 미움받으려 한다는 생각을 누가 하겠는가.

무슨 원인이 있을 거라고 생각하는 게 보통이다.

"너무 슬퍼하지 마."

"고마워. 별로 슬프진 않지만."

그러나 슈리도 사이토처럼 깊이 고민하지 않는 타입.

금방 아무렇지도 않은 표정이 된다.

"화해라고 해서 말인데, 미나치하고 이토치가 친해진 건 의외였어. 걔는 한번 누가 싫어지면 끝까지 싫어하는 타입이니까. 어떤 마법을 부린 거야? 최면술?"

"……너희는 둘 다 왜 그런 쪽으로만 가냐?"

미나카와 사이토의 관계로 화제가 옮겨 갔다.

입학 때부터 험악했던 두 사람이 최근에는 말투는 퉁명스러울지언정 전보다 사이가 좋아진 것이다.

슈리는 그것이 예상 밖이었는지 무슨 이상한 짓을 한 거 아니냐고 의심했다.

미나카도 그렇고 리리의 친구들은 어째서 이런 발상만 하는 걸까?

소꿉친구의 선정 기준에 살짝 불안감을 느꼈다.

"어쩌다 보니 친해진 거야. 칸자키가 원래 천성은 착하잖아."

사이토가 특별한 것은 안 했다고 설명하자 슈리는 석연치 않은 얼굴을 한다.

"그렇긴 하지만, 그거랑 친해지는 거랑은 별개 아닌가? 뭐, 이토치는 바보라 괜찮다고 판단한 모양이지."

그러나 그것도 잠시.

멋대로 결론을 내리고 납득하지만, 거기에는 사이토로서는 흘려들을 수 없는 대사가 있었다.

"야, 바보라니!"

"왜 화를 내고 그러냐? 칭찬한 건데."

"그럼 됐고."

"……나도 그렇지만 이토치도 변덕이 죽 끓듯 하는구나."

무슨 의미냐고 따졌더니 슈리가 칭찬이라고 하길래 사이토는 분노가 가라앉는다.

슈리는 그런 사이토가 황당했다.

사이토는 바로 전까지 꽁하고 있었다. 단, 요즘 들어 좋은 의미에서 바보라는 말을 자주 듣기 때문에 일일이 반응하지 않은 것뿐.

오랫동안 리리랑 같이 있다 보니 주위의 시선을 의식하지 않게 된 것과 같은 원리다.

"아무튼 앞으로도 미나치랑 친하게 지내 줘. 걔, 나랑 리리 말고는 대화하는 사람도 별로 없으니까. 친구로서 부탁하는데, 이런 인연은 소중히 여겨 주면 좋겠어."

슈리는 평소의 생글생글 웃는 얼굴로 돌아오더니 사이토에게 친구를 부탁한다고 말했다.

"그런 건 말 안 해도 해, 같은 반 친구니까."

그러나 그것은 사이토로서는 당연한 일.

당연하다는 식으로 대답하자 슈리는 만족스러운 표정을 지었다.

그 얼굴만 봐도 슈리가 미나카를 얼마나 소중히 생각하는지 알 수 있었다.

슈리는 미나카를 무척 좋아하는 것이리라.

"응, 알지. 일단 말해 두는 거야. 나의 노파심이랄까?"

"생각하는 게 꼭 노인 같네."

"이 자식?! 여자한테 할머니라니! 이토치 너는 세심하지 못한 게 흠이야."

"내가 언제 그랬냐?! 야쿠모 너 피해망상이야."

단, 끝까지 당부하고 또 당부하는 모습은 친척 아주머니 같았다.

그런 감상을 솔직하게 말하자 슈리는 발끈하면서 고래고래 소리를 질러 언쟁으로 발전했다.

다툼은 태풍의 눈이 시작될 때까지 이어졌지만, 함께 막대기를 잡고 전력질주해서 1등으로 골인했을 무렵에는 슈리도 기진맥진해져서 흐지부지 끝났다.

"다음은 너냐?"

"갑자기 무슨 소리야?"

"아무것도 아니야."

태풍의 눈이 끝나고, 다음 종목은 이인삼각.

이것도 페어 종목으로, 옆에 있는 여자가 슈리에서 미나카로 바뀌었다.

궁합, 스피드, 호흡을 종합적으로 평가하면 역시 소꿉친구인 리리가 제일 좋았다.

그러나 미나카가 다른 남자들이랑 전혀 맞지 않는 탓에, 하는 수 없이 사이토와 짝이 된 것이다.

참고로 리리는 누구와 짝이 되었느냐 하면, 하루키다.

다른 학생들보다 궁합도 좋고 기록도 나왔기 때문이다.

리리는 짝이 정해지기 직전까지 미즈키랑 같이 졸라댔지만, 체육 선생님이 낙제를 들먹거리며 협박하자 마지못해 짝이 되었다. 하루키는 어찌나 풀이 죽었는지 보기 딱할 지경이었다.

"바보 미나즈키 때문에 오늘까지 근육통에 시달렸어."

발에 끈을 묶고 있는데 미나카가 지금까지의 연습이 떠올랐는지 피곤한 듯 한숨을 내쉰다.

"그건 네가 운동이 꽝이라 그런 거지. 연습을 그렇게 했는데 겨우 한 번 왕복이 끝이냐?"

사이토라는 귀중한 전력을 사용하는 이상 그에 상응하는 결과가 요구된다.

그러므로 미나카는 한 번 왕복 정도는 전력으로 달릴 수 있어야 했다.

그래서 최소한 한 번은 왕복할 수 있도록 체육 대회 기간이 되기 전에 미나카를 겨우 단련시켜 놓았다.

〈……다리 아파서 더는 못 해.〉

〈아직 두 바퀴밖에 안 달렸는데 그러면 어떡하냐?!〉

미나카는 상상 이상으로 약골이었다.

조금만 무리해도 근육통을 호소하는 탓에 상상했던 것의 5배는 더 진척이 없어서 사이토는 단련하는 내내 몹시 초조했다.

뭐, 어찌저찌 대회 시작 전까지 연습을 마친 덕분에 그것도 지금 와서는 좋은 추억이 되었지만.

"열심히 연습했으니, 중학교 친구들도 깜짝 놀랄 거야. 나쁘지 않지?"

"……응. 그렇게 생각하니 나쁘지 않네."

사이토가 피식 웃으면서 주먹을 내밀자, 미나카도 따라서 입꼬리를 올리며 주먹을 툭, 부딪쳤다.

사이토는 미나카와 조금은 친해졌다는 것을 실감했다. 한편으로 리리와 하루키도 좀 친해졌을까 궁금해서 뒤를 돌아본다.

"…………."

"저거, 우리도 할까?"

"절대 싫어."

"어흑……."

그러나 여전히 리리는 하루키의 제안을 단칼에 거절해서 그를 슬프게 하고 있었다.

사기 떨어뜨리는 짓 하지 말라는 생각이 들었지만, 저 소꿉친구에게 그런 것을 바라는 것도 새삼스럽다.

'아무튼 최선을 다해서 달려라.'

사이토는 마음속으로 그것만 부탁한다고 기도하면서 고개를 앞으로 돌렸다.

1분 뒤.

"이인삼각 스타트!"

탕!

실황을 알리는 목소리를 시작으로 총소리가 울리고 이인삼각 경기가 시작되었다.

"달려라, 달려라!"

"……후, 파이팅!"

"천천히 달려도 돼!"

"서두르지 말고 절대로 넘어지지 마!"

선수들의 머릿속은 이기겠다는 생각으로 가득 차고, 반

친구들은 하나가 되어 필사적으로 응원한다.

"미안, 이어서 부탁해."

"파이팅!"

"응, 다음은 우리한테 맡겨."

"응, 가자."

사이토와 미나카의 순서가 돌아올 무렵에는 과열되어 다른 두 반하고 1등을 놓고 대접전을 벌이고 있었다.

사이토와 미나카는 어깨띠를 이어받은 순간 내달린다.

호흡도 맞추지 않고 반사적으로.

"우와아! 장난 아닌데?!"

"호흡이 딱 맞아!"

깔끔한 스타트 대시에 주위에서 환호성이 일자, 사이토는 저절로 입꼬리가 올라갔다.

미나카의 발이 느려서 스타트 대시에서 차이를 벌려야겠다고 생각하고 연습했던 성과다.

그 덕분에 1등으로 치고 나가자, 사이토는 날아갈 것만 같은 기분이 되었다.

"이크. 추월당하겠어."

그러나 그것도 잠시.

이내 다른 반 페어가 사이토와 미나카보다 빠른 속도로 쫓아오자, 사이토는 식은땀을 흘렸다.

"야, 칸자키, 이기고 싶냐?"

이대로 가다가는 추월당한다고 판단한 사이토는 달리면서 미나카에게 물었다.

"헉헉, 그렇게 연습했는데, 당연히 이기고 싶지!"

숨을 헐떡거리면서도 미나카는 자연스럽게 페이스를 올렸다.

"역시 호흡이 잘 맞는다니까."

사이토는 기쁨에 얼굴을 일그러뜨리면서 그렇게 말하고 페이스를 더 올렸다.

"야, 너무 빨라!"

미나카가 경악하면서도 거기에 맞춰 주어서 다른 반과 겨우 같은 속도가 된다.

"부탁한다, 리리!"

"리리, 하루키, 마지막을 부탁해!"

그리고 근소한 차이로 간신히 1위로 어깨끈을 넘겨주는 데 성공.

"맡겨 둬. 찢어 버릴 테니까."

"응, 가자, 리리."

"이름으로 부르지 마, 멍청아!"

마지막 주자인 리리와 하루키는 씩씩하게 대답하고는 거의 전력질주 수준의 속도로 달리기 시작했다.

"사이는 안 좋은데 호흡은 잘 맞네."

"헉헉…… 그러게."

멀어져 가는 등을 바라보면서 사이토가 재미있다는 듯
이 웃자, 미나카는 숨을 헐떡거리면서도 거기에 동의했다.

"와아~! 1등이다!"

"만세~!"

"마치가네랑 니시조노, 최고!"

"1등이니까 특별히 용서해 준다, 이 하렘 녀석들!"

그리고 두 사람은 리리의 선언대로 다른 반과 차이를 크
게 벌리면서 골인.

텐트 아래 있는 반 친구들과 출전한 선수들 사이에서 커
다란 환호성이 터져 나왔다.

"용서 못 해, 용서 못 해, 용서 못 해, 용서 못 해."

그 광경을 어떤 학생이 죽일 듯이 노려보고 있었다.

　체육 대회의 열기를 받은 듯 오늘의 태양도 열기를 뿜어 대어 30도를 넘은 정오.

　체육 대회 프로그램도 전반이 끝나고 점심시간을 맞이했다.

　학생들이 점심을 먹기 위해 이동하는 가운데, 사이토는 일어설 기미도 없이 얼굴을 수건으로 덮은 채 "아~" 하고 신음하고 있었다.

　그런 사이토를 보고 주위의 반 친구들은 '이건 중증이다' 하며 쓴웃음을 짓는다.

　사이토가 왜 이러고 있는가 하면, 휴식 시간 전에 있었던 줄다리기가 원인이다.

　반이 단결한 덕분에 결승까지는 올라갔지만, 마지막 대전 상대가 전원 운동부로 구성해서 출전하는 바람에 싱겁게 패배한 것이다.

　전 종목에서 승리하겠다고 선언한 만큼, 패배가 상당한 충격이었던 모양이다.

　텐트로 돌아온 이후로 지금까지 계속 이러고 있다.

　리리는 대체 어디까지 진심이었던 건가 싶어서 어이가 없었지만, 이것이 사이토의 장점이기도 하다.

진심으로 행사를 즐기기 때문에 주변 사람들도 덩달아 즐기게 된다.

실제 타임 리프 전에 했던 체육 대회 때보다 뜨겁고 즐거웠다.

그러므로 그런 즐거운 시간을 제공해 준 소꿉친구가 시무룩하고 있는 것은 그냥 둘 수 없다.

"사이토. 햄버거."

리리는 오늘을 위해 준비한 비장의 카드를 꺼냈다.

"좋아, 가자! 리리, 햄버거 어디로 가면 있어? 가르쳐 줘!"

효과 만점.

침울해하던 것이 환각이 아니었을까 싶을 만큼 빠르게 회복되더니, 눈을 반짝거리면서 리리의 어깨를 붙잡았다.

그 모습은 흡사 좋아하는 먹이를 얻은 강아지였다.

"진정해. 엄마 아빠가 가지고 오실 거야. 일단 거기에 합류하자."

"알았어. 어디 보자, 루시 아줌마가 아까 저쪽에 계셨으니까, 이쪽으로 가면 만날 수 있을 것 같은데. 가자, 리리."

꼬리를 붕붕 흔드는 소꿉친구를 타일러 보지만 효과는 없어서 먼저 척척 걸어간다.

"정말 단순하다니까, 사이토는."

리리는 못 말리겠다는 듯 어깨를 으쓱하고 사이토를 쫓아갔다.

"어서 오렴~. 딸꾹. 대활약이던걸. 사이토. 리리. 부모로
서 아주 자랑스럽구나~. 그건 그렇고, 루시를 닮아서 리리
도 가슴이 커졌구나~."

부모님과 합류하자 가장 먼저 반겨준 것은 사이토의 아
빠인 요우였다.

요는 얼굴이 벌건 것이 벌써 어른들끼리 즐기기 시작한
모양이다.

"여어, 둘 다 수고했다. 주스 사 왔는데 마실래? 으하하,
으하하."

"쿨…… 쿨……."

"야바나는 너무 귀여워요우. 쪽쪽. 아, 리리, 우리 뽀뽀
해요우. 쪽~."

아니나 다를까, 아들과 딸의 활약에 기분이 좋은지 어른
들은 술을 마시고 모두 취해있었다.

성희롱을 날리는 요우.

경박하게 웃어대는 마사노리.

쌔근거리며 기분 좋게 자는 사이토의 엄마 야바나.

여자만 보면 뽀뽀하는 루시.

부모님들이 모이면 어김없이 발생하는 혼돈의 공간이
이미 형성되어 있었다. 리리와 사이토는 재빨리 눈빛을 교
환한다.

"……'도망가자.'"

"……'응. 저기에 햄버거 들어 있으니까 살짝 가져와.'"

"……'오케이.'"

두 사람은 익숙한 동작으로 햄버거가 든 피크닉 바구니를 회수해서 조금 떨어진 나무 그늘로 대피했다.

"대낮부터 술판이라니. 우리 때문에 체육 대회에 온다더니, 역시 술을 마시기 위한 핑계였잖아."

"엄마만 있으면 돼. 어차피 이렇게 될 거라고 생각했어."

두 사람은 툴툴거리면서 점심 식사를 준비한다.

사이토가 돗자리를 펴고, 리리가 그 모서리를 물통과 가지고 온 바구니로 고정.

두 사람은 거기에 나란히 앉아서 바구니에 든 보냉 가방과 접시를 꺼냈다.

접시 위에 번을 올리고, 보냉 가방에 든 재료들을 쌓은 다음 마지막으로 쓰러지지 않도록 꼬챙이를 꽂았다.

"아메리칸 햄버거 완성."

"우와! 대박 맛있겠다. 학교에서 이런 본격적인 햄버거를 먹을 날이 올 줄이야. 먹어도 돼? 먹어도 되지? 잘 먹겠습니――."

"잠깐!"

"왜, 뭔데?"

완성하자마자 더러운 손으로 곧바로 먹으려고 달려드는

소꿉친구에게 리리는 제동을 걸었다.

사이토는 불만스러운 표정이었지만, 리리도 만든 사람의 자존심이 있다.

손에 묻은 모래 때문에 맛이 변질되거나 그것을 먹고 배탈이 나는 것은 용서할 수 없다.

바구니에서 물티슈를 꺼내 사이토에게 한 장 건네자 "아, 그러고 보니 손을 안 닦았네" 하고 납득했다.

리리는 '정말 손이 많이 가는 소꿉친구군' 하고 한숨을 쉰다.

"다시, 잘 먹겠습니다!"

그 옆에서 손을 다 닦은 사이토가 햄버거를 한 입 베어 물더니 눈을 부릅떴다.

"맛있어! ……맛있어! ……맛있어!"

"그래? 그렇다면 다행이네."

사이토의 판단 결과는 대만족.

리리는 햄버거를 와구와구 먹는 그 모습에 가슴을 쓸어내리고, 돌돌 말리기 시작한 곱슬머리를 움켜잡고 꾹꾹 눌렀다.

그래도 머리카락 끝이 파르르 떨려 창피하지만, 자세히 안 보면 모를 것이다. 아마도.

곱슬머리가 진정되자 리리도 한 입 크게 베어 물었다.

"음, 맛있어."

리리는 자기가 만들었지만 참 잘 만들었다고 생각했다.

식지 않았다면 더 좋았겠지만.

갓 만든 것이면 사이토를 더 기쁘게 할 수 있었을 거다.

"그치? 특히 이 데리야끼 소스가 맛있어. 달콤하면서도 살짝 매콤한 느낌이 좋아."

"왜 네가 자랑스러워하는데?"

그러나 볼에 소스를 묻혀 가며 자랑스러워하는 사이토를 보고는 아까 들었던 불만스러운 생각은 잊기로 했다.

기분을 전환하려고 한 입 먹으려는데 문득 어딘가로 걸어가고 있는 코유키가 시야 끝에 들어왔다.

무심결에 그녀를 눈으로 좇고 있었더니, 텐트를 보관해 놓은 작은 창고로 들어갔다.

'응?'

거의 아무것도 없는 창고 안으로 사라진 코유키를 의아하게 생각하고 있는데, 얼마 있다가 하루키도 창고 앞으로 오더니 그 안으로 들어가 문을 닫았다.

'흐음~ 뭔가 불길한 예감이 드는데.'

리리가 그날 코유키와 옥상에서 만나지 않았더라면 딱히 신경 쓰이지 않았을 것이다.

그러나 본의 아니게 지금은 그녀의 정신이 불안정한 상태라는 걸 알아버렸다.

저건 단순히 누군가의 손을 빌리려는 게 아닐 수도 있다.

저 안에서 무슨 일이 일어난다.

리리의 직감이 그렇게 속삭였다.

"잠깐 할 일이 생각나서, 다녀올게."

"아라어. 어이아으에?"

"저기 창고에. 금방 올 거니까 기다려."

"으."

확신을 품은 리리는 사이토에게 그 말만 남기고 창고를
향해 달려갔다.

◇

철컥.

어두운 창고 안에 철문 닫히는 소리가 울린다.

"하루키, 와 줬구나. 소중한 점심시간에 고마워."

"……코유키 선배."

코유키가 웃는 얼굴로 하루키를 맞이하자 그는 어색한
듯 얼굴을 돌렸다.

당연하다. 하루키와 코유키는 차고 차인 관계니까.

차인 상대가 다시 할 말이 있다고 하면, 누구든 비슷한
반응을 보이리라.

여차하면 부름에 응하지 않을지도 모른다.

이미 찬 여자가 불렀는데도 와 주다니, 하루키는 역시

다정하다.

코유키는 자기도 모르게 입꼬리가 올라갔다.

"⋯⋯무슨 용건이시죠?"

무거운 공기를 견디지 못한 것인지, 아니면 그런 일을 겪고도 이상할 정도로 평소와 똑같은 코유키에게 위화감을 느낀 것인지, 하루키가 머뭇거리며 용건을 물었다.

"그날 미처 묻지 못한 게 있어서. 몇 가지 물어도 될까?"

코유키는 마치 대수롭지 않다는 듯한 가벼운 말투로 말했다.

"⋯⋯제가 아는 거라면요."

그와는 대조적으로 하루키는 얼굴이 점점 굳어갔다.

뭔가 듣고 싶지 않은 질문이 있는 것 같다.

'참 투명한 사람이네.'

감추려 하지만 결국 얼굴에 생각이 드러나 버린다.

그런 모습조차 사랑스럽다.

코유키는 입꼬리가 더욱 올라갔다.

"고마워. 그러면 우선 〈신경 쓰이는 사람〉이 누군지 말해 줄래?"

"리리⋯⋯ 마치가네 리리예요."

"마치가네 리리의 어느 점이?"

"⋯⋯그건, 말할 수 없어요."

"그래?"

그건 질문이라는 이름의 심문이자, 코유키가 앞으로 작전을 수행하는 데 필요한 정보였다.

"질문을 바꿀게. 그녀와 언제부터 친해졌어?"

"친해진 적 없어요. ……그녀는 줄곧 절 싫어하고 있다고요."

"어머, 그래? 그럼 다시 다른 질문. 하루키는 내가 싫어?"

"싫지 않아요. 좋은 사람이라고 생각해요."

"정말? 다행이야. 싫어하면 어쩌나 했는데."

하루키는 아무 의심 없이 술술 대답한다.

자신이 코유키의 의도대로 움직이고 있는 줄도 모르고 마지막 질문까지 왔다.

다음 질문에서 하루키가 코유키가 바라는 대답을 하면 끝이다.

두근두근, 두근두근.

코유키는 유난히 시끄러운 심장 소리를 무시하고 마지막 질문을 던졌다.

"……마지막. 하루키는 내가 도와달라고 하면 다시 도와줄 거야?"

"네, 제가 도울 수 있는 일이라면요."

결과는 예상대로 성공했다.

코유키를 억누르고 있던 한 줌의 죄의식은 사라지고 추한 감정이 얼굴을 내밀었다.

"고마워! 그럼 어서 나한테 감금당해 줘."

코유키는 그렇게 말하고, 하루키에게 다가가 등 뒤에 감춰 두었던 전기 충격기를 갖다 댔다.

"코, 유키, 선배. 이게, 무슨?"

설마 코유키가 이런 짓을 할 줄은 몰랐던 것이리라.

몸이 마비되어 거의 움직이지 못하는 가운데, 충격에 젖은 눈으로 그녀를 바라보았다.

"어머, 하루키가 그랬잖아. 〈제가 도울 수 있는 일이라면〉이라고. 날 도와준다고 했지? 그러니까 나를 돕기 위해 쭉 곁에 있어 줘. 죽을 때까지 나랑 같이 있으면서 이 갈증을 풀어 줘. 다정한 하루키라면 그래 주겠지?"

그러나 이것은 하루키의 자업자득.

코유키는 이 달콤한 유혹을 아슬아슬하게 견디고 있었는데.

하루키가 코유키에게 유혹에 굴하기 위한 면죄부를 준 것이다.

코유키는 탁한 눈동자로 하루키에게 다가가 사랑스럽게 머리를 쓰다듬는다.

소중하게, 소중하게.

마치 소중한 보물을 다치지 않게 하려는 것처럼 부드럽게.

"헉?! 악?!"

그제야 코유키의 눈동자가 몹시 어둡고 탁한 것을 본 하루키가 비명을 지르려고 하지만, 코유키가 다시 한번 전기 충격기를 갖다 대어 기절시킨다.

이것으로 당분간 하루키는 움직일 수 없다.

그 틈에 체육 대회의 관객으로 잠입한 고용인을 시켜 옮기면 이 작전은 종료.

하루키는 쭉 코유키의 것이 된다.

"후훗, 하루키만 감금하면 난 드디어 행복해질 수 있어."

코유키가 앞으로의 미래를 상상하고 환희의 표정을 지으면서 고용인을 부르려는 순간, 문이 벌컥 열렸다.

"시라유리 선배. 그런다고 행복해질 수는 없어요!"

"?!"

익숙한, 그러나 가장 듣고 싶지 않은 여자의 목소리가 창고 안에 조용히 메아리친다.

코유키가 놀라서 어깨를 움찔하며 입구로 시선을 돌리자, 거기에는 역광을 받으면서 리리가 서 있었다.

"어떻게 여기를⋯⋯?"

이 시간에 창고 부근은 출입 금지일 터.

그런데 어째서 그녀가 여기에 있는 거지?

코유키는 마치 만화 주인공처럼 등장하는 리리를 보고 주춤한다.

"우연히 시라유리 선배와 니시조노가 창고로 들어가는 걸 봤거든요. 아무래도 부자연스러워서 와봤더니, 대체 이건 무슨 상황이죠? 유괴와 감금은 엄연한 범죄예요!"

리리는 코유키가 싫어하는 목소리로 행동을 비난했다.

마치 위기에 빠진 히어로의 앞에 나타난 히로인.

세상이 리리와 하루키가 운명의 상대라고 말하는 것만 같은 장면에, 코유키는 신경이 곤두섰다.

"내가 뭘 하든 마치가네랑은 상관없잖아? 나랑 너는 입학 후 거의 대화도 나누지 않은 사이 아니니?"

코유키는 방해하지 말라는 협박의 뜻을 담아서 리리를 향해 지지직거리는 전기 충격기를 들이댄다.

무서운 얼굴로 협박하는 코유키와 대조적으로 리리는 엷은 미소를 지었다.

"상관있어요. 2년 동안 고등학교 생활을 같이한 사이인걸요? 선배가 길을 엇나가면 바로잡아 주는 게 후배의 도리 아니겠어요? 애초에 받은 은혜는 반드시 갚으라고 가르쳐 준 사람이 바로 당신 아닌가요?"

"그게, 무슨……."

상관없다고 생각했던 사람이 실은 옛날부터 아는 사이였다?

코유키는 뜻밖의 재회에 몸이 부르르 떨려 그만 전기 충격기를 떨어뜨릴 뻔했다.

"전 코유키 선배가 알던, 그 나약하고 손이 많이 가는 후배, 마치가네 리리란 뜻이에요."

"으아, 아악!"

아무도 자신의 과거를 모른다고 생각했다.

그래서 과거 세계와는 다르게 마음대로 살기로 했는데, 사실 과거의 자신을 아는 사람이 있었다.

그 사실에 코유키의 마음속을 수치심이 마구 헤집고 다녔지만, 그 이상으로 솟구친 것은 증오.

자신을 그 지옥에 떨어뜨린 원흉.

리리는 코유키에게서 하루키를 빼앗은 증오스러운 적.

귀엽고도 불쌍하다는 생각에 리리를 귀여워했던 시절의 다정한 코유키는 완전히 자취를 감추고, 눈동자에 살기가 깃든다.

"……또, 또! 나한테서 빼앗으러 온 거지! 용서 못 해. 용서 못 해, 용서 못 해, 용서 못 해, 용서 못 해! 이번에는, 이번만큼은 하루키는 내 거야! 상관없잖아?! 리리는 과거 세계에서 하루키한테 실컷 받았으니까! 한 번쯤은 나한테 양보해도 상관없잖아!"

감정의 방파제는 완전히 무너졌다.

속에 숨겨 놓았던 감정을 모조리 쏟아내며 하루키는 자기 거라고 주장한다.

리리와 적이 되더라도 상관없다.

힘으로라도 빼앗고 말리라.

"네, 그건 마음대로 하세요. 저는 그딴 쓰레기, 필요 없으니까."

"……뭐?!"

리리와 하루키는 연인 사이였을 터.

불행해진 코유키를 두고 결혼해서 행복한 가정을 꾸렸을 터다.

그런 줄로만 알았던 코유키는 리리의 말에 굳어 버린다.

──어째서?

──왜?

이어서 이 두 가지 의문이 코유키의 머릿속을 맴도는 가운데 리리가 말을 잇는다.

"그런데 코유키 선배는 그렇게 하면 행복해요? 이런 식으로 이 남자랑 사귀어서 만족해요? 그게 코유키 선배가 진정으로 바라는 건가요?"

"그건……."

코유키의 마음에 부드럽게 호소함으로써 애써 외면했던 것을 상기시킨다.

'그럴 리 없잖아…….'

사실은 알고 있다.

이런다고 하루키가 자신을 사랑해 주지 않으리라는 것도.

언젠가 의무적인 사랑에 만족하지 못하게 되리라는 것도.

알고 있었다.

하지만.

"그러면 나더러 어쩌라고?! 이렇게라도 하지 않으면 하루키는 날 봐 주지 않아! 나만 사랑해 주지 않아! ……하루키뿐이야. 날 사랑해 준 사람은. 부모님도, 소꿉친구도, 주변 사람들도 모두 날 사랑해 주지 않는다고! 그룹을 존속시키기 위한 부품으로서, 시라유키 그룹의 외동딸로서만 대하지. 아니야. 난 그런 거 바라지 않아. 오직 시라유키 코유키라는 여자를 봐주고, 칭찬해 주고, 사랑해 주길 바라는데. 이런 쉬운 것을 하루키 이외에는 아무도 해 주지 않았어! 그러니까 어쩔 수 없어! 날 사랑해 주는 사람이 하루키밖에 없으니까. 사랑이 없으면 살아갈 수 없는 나한테는 이렇게 하는 수밖에 없다고!"

하루키에게 차인 지금, 코유키는 이런 것밖에 생각나지 않았다.

그러니까 멈출 수는 없다.

지금 여기서 멈춰 버리면 코유키는 이번에야말로 외톨이가 되어 버릴 테니까.

"아아아아아악──!"

코유키는 리리를 향해 돌진했다.

이것이 코유키의 대답.

하루키를 잃는 것과 잘못을 바로잡는 일을 저울질하자 전자로 기울었다.

코유키는 그 정도로 고독이 두렵고 사랑에 굶주렸다.

그것을 이해한 리리는 얼굴을 일그러뜨린다.

그러나 그녀는 움직이지 않았다.

그것이 동정에서인지 코유키로부터 하루키를 빼앗아 버린 데 대한 죄책감인지.

리리는 전기 충격기가 닿기 직전에 눈을 질끈 감았다.

"……내 소꿉친구한테 무슨 짓이에요, 시라유리 선배?"

그 찰나, 땅속에서 기어 나온 듯한 나지막한 목소리가 귓전에 들리더니 팔이 붙잡힌다.

조심스럽게 얼굴을 들자, 거기에는 늘 서글서글한 얼굴을 보여 주던 사이토가 험상궂은 표정으로 노려보고 있었다.

"아니, 나는……."

순간적으로 이 상황을 부정한다.

"그러면 지금 손에 든 건 뭔데요? 장난으로 쓸 물건이 아니잖아요. 아닌가요?"

그러자 사이토는 점점 더 경멸스러운 표정이 된다.

"아, 아, 그게……."

변명은 안 통한다.

사이토가 내뿜는 심상치 않은 분노를 깨달은 코유키는 얼빠진 목소리밖에 낼 수가 없었다.

"시라유리 선배, 대체 어쩌려고 이래요?"

"미나즈키! 여긴 출입 금지야! ……아니, 대체 무슨 상황인 거냐?!"

학생회장인 타쿠미까지 나타나자, 코유키는 그 자리에 주저앉고 말았다.

그 뒤 학생회장 타쿠미의 주도로 진행된 조사에서 코유키의 죄상이 낱낱이 드러났다.

"이 바보 녀석이……!"

코유키가 하루키를 유괴하려 했다는 걸 알게 된 타쿠미는 분노하여 코유키의 따귀를 때렸다.

"……죄송합니다."

코유키가 아무런 변명도 못 하고 사과하며 타쿠미를 바라보자, 이상하게도 그의 눈가에 눈물이 고여 있었다.

"왜…… 회장님이……?"

인생에서 처음으로 보는 타쿠미의 눈물.

그러나 코유키는 그가 왜 우는지 몰라 이해할 수 없었다.

"……미안."

그러자 타쿠미는 갑자기 고개를 숙이고 사과했다.

"아니에요, 제가 맞아도 싼 짓을 했어요. 회장님이 사과할 일이 아니에요."

"아니, 그게 아니야."

코유키는 자조적인 표정으로 말하자, 타쿠미는 얼굴을 일그러뜨리고 고개를 저었다.

"난 진작 알고 있었어. 오래전부터 네가 외로움에 괴로워했던 것을. 그걸 알면서도 나는……. 정말 미안하다."

"……그게 무슨 뜻이에요?"

타쿠미의 횡설수설한 설명에 코유키는 당혹스러워한다. 그가 왜 사과하는지 알 수 없었다.

타쿠미는 옛날부터 자신을 미숙한 사람이라고 싫어했었는데.

특히 최근에는 그런 경향이 더 심해졌는데, 코유키에게 이렇게 마음 써 주는 이유를 알 수 없었다.

그런 코유키에게 타쿠미가 충격적인 말을 한다.

"난 줄곧 널 좋아했어."

"네?"

"아주 오래전부터, 너와 처음 만났을 때부터, 난 네가 좋았어. 하지만 난 서툰 사람이라 아무리 해도 네 앞에서는 솔직해질 수 없었어. 네가 외로워하는 걸 다 알면서도, 자기감정과 마주할 용기가 없어서, 널 위로조차 해 주지 못했어. 미안해. 널 이렇게까지 몰아 넣은 건…… 내 책임이기도 해. 정말 미안하다."

"그런…… 갑자기 그런 말씀을 하셔도 제가 어떻게 해야 할지……."

자신처럼 언젠가 그룹을 짊어질 자로서 자질이 없는 코유키를 늘 못마땅하게 여긴다고만 생각했다.

타쿠미의 날카로운 말에 때로 눈물도 흘렸다.

그런데 갑자기 좋아하는 사람 앞에서 솔직해지지 못했다니, 그런 근거 없는 말을 쉽게 받아들일 수 있을 리 없다.

"사이토, 사진 갖고 있지? 꺼내 봐."

"……어떻게 알았어?"

"너 점심시간까지 수건 안 썼잖아. 처음에는 텐트로 돌아갈 시간이 없어서 그런 줄 알았는데, 점점 이상한 생각이 들어서 수건을 확인해 봤더니 거기 끼워져 있더라고. 이런 중요한 걸 이런 식으로 갖고 다니면 어떻게 해?"

"와, 너 탐정해 볼 생각 없냐. 후…… 시라유리 선배, 이거 보세요."

현실을 받아들이기 힘든 코유키에게 사이토가 꾸깃꾸깃한 봉투를 내민다.

코유키는 그것을 조심스럽게 받아서 들었다. 안에는 사진 몇 장이 들어 있었다.

첫 번째와 두 번째는 무거워서 운반을 포기한 상자를 코유키가 어디로 간 사이에 타쿠미가 부들부들 떨면서 옮기고 있는 사진.

세 번째는 대량의 페트병 앞에서 쩔쩔매고 있는 코유키의 저만큼 뒤에서 타쿠미가 다른 학생회 멤버들과 이쪽을 손가락으로 가리키면서 뭐라고 말하고 있는 사진.

네 번째는 타쿠미가 3학년생들의 싸움을 말리다가 생긴 상처를 확인하는 사진인데, 맞은 부위는 파랗게 변해 있었다.

"................!!"

이미 한계였다.

코유키의 눈에서 눈물이 뚝뚝 떨어지고, 사진을 확인하는 손은 멈출 줄을 몰랐다.

새로 사진을 확인할 때마다 타쿠미가 자신을 얼마나 아껴 주었는지 실감할 수 있었다.

가슴이 따뜻해진다.

조금 전까지 느끼고 있던 기아감이 점점 채워진다.

한 장 한 장 찬찬히 들여다보다가 마지막 한 장만 남았다.

"흑…… 응? 이건?"

자세히 들여다보니 그 사진은 앞선 사진들과는 조금 달랐다.

지금까지는 항상 타쿠미와 코유키가 찍혀 있는데 이번에는 타쿠미뿐이었다.

그러나 코유키는 그것을 본 순간, 잊고 있었던 기억이 되살아났다.

떠오른 것은 어린 시절.

지인의 결혼식에서 한가롭게 있을 때였다.

〈넌 어떤 남자한테 어떤 프러포즈를 받고 싶어?〉

신랑 신부의 연애담을 들은 뒤 잠시 쉬는 시간에 타쿠미가 웬일로 어떤 프러포즈를 받고 싶은지 물었다.

〈프로포즈요? 음, 어떤 남자한테인지는 모르겠지만, 엄청나게 많은 꽃에 둘러싸여서 프러포즈 받고 싶어요.〉

〈흥, 이 근방에 그런 곳은 없어.〉

〈저도 알아요. 그래서 더 그렇게 하고 싶어요.〉

코유키는 그저 예의상 대답한 것으로, 무시하는 듯한 타쿠미의 태도로 보아 그가 시시한 대답이라고 여기고 잊어버렸을 거라고만 생각했다.

그런데 아니었다.

타쿠미는 줄곧 그 말을 기억하고 있다가 언젠가 코유키에게 고백하기 위해 그 정원을 가꾸고 있었다.

코유키는 감정이 복받쳐서 타쿠미를 돌아보았다. 그는 민망한 듯 시선을 피하며 "……쓸데없는 짓을" 하고 중얼거렸다.

"……죄송해요, 죄송해요! 타쿠미 선배, 저 지금까지 몰랐어요."

코유키는 타쿠미를 껴안고 사과한다.

"바보 같기는. 사과해야 하는 건 나라고 했잖아. 코유키는 잘못한 거 없어. 미안해."

그는 그런 코유키를 보고 씁쓸하게 웃은 뒤, 다시 한번 미안하다고 말하고 다정하게 안아 주었다.

코유키는 그 온기를 마음껏 느끼면서 일그러진 얼굴로 후배들을 돌아본다.

"미안해. 모두에게 큰 폐를 끼쳤어."

"갑자기 덮치려 들어서 좀 놀랐지만, 다친 곳도 없고, 전 괜찮아요."

"회장님이 리리 대신 따귀를 때리셨으니 넘어갈게요. 대신 다음에 또 똑같은 일이 생기면, 그때는 제가 따귀를 날릴 겁니다."

"어…… 저도 괜찮아요. 코유키 선배의 마음을 몰라 준 저도 잘못이 있으니까요. 아직 좀 저릿하지만."

코유키가 사과하자 세 사람은 따뜻한 미소로 용서해 주었다. 코유키는 다시 닭똥 같은 눈물을 흘렸다.

'나는 정말 행복한 사람이었구나. 여태 몰랐을 뿐.'

많은 사람에게 사랑받는 리리를 부러워했었다.

자신은 왜 사랑받지 못하는지 불만이었다.

그러나 사실은 똑같았다.

깨닫지 못했을 뿐이지 코유키의 주위에도 자신을 사랑해 주는 사람이 있었다.

코유키는 그 사실을 곱씹기라도 하듯이 타쿠미를 꼭 껴안았다.

이것으로 원래는 어긋난 채로 끝났을 소꿉친구들의 비참한 미래가 바뀌었다.

작전 성공.

두 사람의 다정한 모습을 보고 또 다른 소꿉친구 한 쌍은 기쁜 듯이 서로 손바닥을 짝 마주쳤다.

　점심시간이 끝나기 직전.

　사이토와 리리는 사이 좋게 햄버거를 먹고 있었다.

　"두 사람의 관계가 회복되어서 다행이야."

　"그러게."

　마지막 한 조각을 꿀꺽 삼키며 사이토는 대답했다. 우여 곡절이 있었지만, 어쨌든 일이 잘 풀렸으니까 하며 고개를 끄덕였다.

　〈타쿠미 선배, 미안해요. 체육복이 눈물로 다 더러워져서.〉

　〈이 정도 가지고 뭘. 옛날에 누가 머리에 샴페인을 쏟았 던 것에 비하면 아무것도 아니야.〉

　〈그, 그땐 죄송했어요―― 아, 그게 아니라, 놀리지 마 세요. 타쿠미 선배는 여전히 짓궂으시네요.〉

　〈하루 이틀도 아닌데 좀 봐줘.〉

　사건 해결 후 타쿠미와 코유키가 나누던 대화를 떠올린다.

　오랜 불화가 사라지고, 아직 어색하지만 확실히 오랜 소 꿉친구다운 편안함이 생겨났다. 사이토가 생각하던 소꿉 친구의 모습 그 자체.

　역시 소꿉친구라면 그 정도는 사이가 좋아야 하리라.

　그 와중에 하루키가 혼자 쓸쓸히 보건실로 옮겨진 것은

좀 안쓰러웠다.

뭐, 하루키답다고 생각하지만.

여자 문제에 상당한 빈도로 휘말리는 그는 툭하면 볼에 새빨간 립스틱이나 긁힌 자국을 달고 다니는지라 그런 모습에 익숙해져 버린 것이다.

진심으로 하루키는 굿이라도 하는 게 좋지 않을까.

분명히 악령 같은 것이 씌어 있을 것이다.

다음에 강제로라도 끌고 가야겠다고 생각하고 있는데 갑자기 오른쪽 뺨에 뭔가가 닿더니 다음 순간, 머리가 마구 흔들렸다.

"뭐 하냐?"

옆에 있는 소꿉친구에게 비난의 시선을 보내는 사이토.

"뭐긴, 뺨에 소스가 묻었길래 닦아 준 거지."

그에 대해 리리는 뾰로통하게 입술을 내밀고 자신의 선행을 주장했다.

"그래? 그럼 미안하고."

"흥, 어떻게 할까~? 잘못한 것도 없는데 지금 그 태도에 상처받았어~. 훌쩍훌쩍."

리리에게 잘못이 없다는 것을 안 사이토가 사과하자 그녀는 일부러 과장되게 비난한다.

"알았어, 알았어. 사과의 의미로 뭐든 들어줄 테니까 용서해 줘."

이렇게 되면 사이토에게 승산은 없다.

순순히 백기를 들고 리리의 요구를 들어주기로 결심했다.

"와아~. 특별히 시킬 건 없지만."

"잘 생각해서 말해."

그러나 무슨 부탁을 할지 정하지 못했는지 무작정 아무 거나 시키려는 탐욕스러운 소꿉친구를 보고 사이토는 머리를 싸쥔다.

"물론 아무렇게나 쓸 수는 없지. 모처럼 사이토에게 뭔가 시킬 찬스가 생겼는데, 중요한 순간에 써야 하지 않겠어?"

"그건…… 그렇지."

그러나 자기도 같은 입장이었다면 분명히 똑같이 행동 했을 걸 깨달은 사이토는 리리와 동시에 피식 웃었다.

새삼스레 이 소꿉친구랑은 정말 마음이 잘 맞는다는 생각이 든다.

"……으음? 좋아, 정했어. 다음 물건 찾기 경주에서 1등 하기!"

잠시 망설이고 나서 리리가 내놓은 것은 1위를 하라는 것.

"그런 걸로 되겠어?"

더 어려운 것을 시키겠거니 하고 있던 사이토는 맥이 풀렸다.

더구나 이것은 체육 대회 개최 전부터 사이토가 줄곧 목표로 삼았던 것.

고작 그런 것에 부탁을 써도 되겠는지 리리에게 확인하자 그녀는 고개를 끄덕였다.

"응. 그거면 돼. 그래야 의욕이 생길 거 아니야? 다른 반에 압도적인 차로 1위를 하면 줄다리기에서 져서 분했던 마음도 날아갈 거야."

아무래도 줄다리기에서 져서 침울하던 걸 배려할 생각인 듯하다.

그렇다면 소꿉친구가 이렇게까지 마음을 써 줬는데 1위를 못 한다면 그것처럼 부끄러운 일은 없다.

"고마워. 좋아, 반드시 이길 테니까 두고 봐. 반 바퀴 이상 이길 테니까."

"진짜지? 그럼 1위 못 하면 다음 주부터 일주일 동안 내 도시락은 없는 거다."

"오케이. 좋아. 해낸다!"

질 수 없는 이유가 두 개나 생긴 사이토는 자포자기하는 심정으로 얼굴을 짝 때리면서 기합을 넣었다.

10분 뒤.

"마지막 주자는 자리에 서세요!"

"좋아, 어디 가 볼까?"

"……파이팅."

"미나즈키! 지금 우리 반 포인트 너무 낮으니까 꼭 1위해야 한다! 알겠지?"

"나, 우리 반이 우승하면 아이조노한테 고백할 거야."

"야, 불길한 플래그 세우지 마라. 너 때문에 미나즈키가 지면 어쩔 거야?!"

사이토는 반 친구들의 응원을 받으며 출발선에 섰다.

가볍게 제자리뛰기를 하고 모자를 확인한다.

몸은 가볍다.

질 것 같지 않다.

사이토는 마지막으로 1위를 차지해서 최고로 돋보여야 지 하고 기합을 넣는다.

"제자리에, 준비!"

탕!

곧바로 진행요원이 구령과 함께 총을 쏘았다.

"!"

타고난 반응속도를 살려 최고의 스타트 대시로 다른 선 수들과 차를 벌리는 사이토.

그 기세 그대로 가속하여 차를 더 벌리고 뽑기함에 손을 집어넣어 제일 먼저 닿은 것을 꺼냈다. 주제는 〈좋아하는 사람〉.

물건 찾기 경주의 대미를 장식하는 데 가장 정석적인 주 제가 나왔다.

"아무나 데려가지 뭐."

평범한 남고생이라면 반쯤 공개 고백 같은 상황에 당황
할 것이다.

그러나 사이토는 좋아한다는 의미의 차이를 모른다.

따라서 좋아한다는 의미의 해석이 다른 사람보다 넓다.

그래서 사이토의 머릿속에는 친구나 가족들의 얼굴이
수도 없이 떠올랐다.

누구로 할지 고민은 되었지만 수줍어하거나 당황하는
일 없이 즉시 행동에 옮길 수가 있었다.

"오, 여기로 온다!"

"미나즈키, 뭐가 필요해?!"

"그게……."

전속력으로 반 친구들이 있는 텐트로 뛰어가서 아무나
부르려고 하는데 어떻게 된 영문인지 목소리가 나오지 않
았다.

'왜지?'

손을 내밀려고 해도 손이 말을 듣지 않는다.

사이토는 움직이지 않는 자기 손을 쳐다보면서 당황한다.

그것은 주위에 있던 반 친구들도 마찬가지.

"왜 그래, 미나즈키?"

"서두르지 않으면 따라잡힌다고, 이토치."

"혹시 주제를 까먹은 거야?"

"그럼 종이를 보여 줘, 종이를."

"아, 그렇지."

친구들이 갑자기 굳어 버린 사이토를 보고 당황해서 빨리 보여 달라고 성화를 부리자, 사이토도 초조해지기 시작한다.

다시 한번 주제가 적힌 종이를 확인하지만, 거기에 적힌 주제가 바뀌었을 리 만무.

여전히 〈좋아하는 사람〉이라는 여섯 글자가 적혀 있었다.

'좋아하는 사람…… 좋아하는 사람? 내가 좋아하는 사람이 누구지?'

마음속으로 자꾸만 주제를 반복하면서 자신이 생각하는 '좋아한다'는 의미에 대해서 다시 생각해 본다.

〈좋아해! 난 코유키를 소중하게 생각하고 있어.〉

그때 뇌리를 스친 것은 타쿠미의 말.

그는 코유키에 대한 마음을 고백했을 때 '마음에 드는 것', '마음이 끌리는 것' 외에 사전에도 실려 있지 않은 말을 했었다.

소중하게 생각한다고.

타쿠미는 그 말대로 코유키를 소중하게 생각했었다.

그야말로 자기 행복을 버려서라도 코유키를 행복하게 해 주려고 할 정도로.

코유키를 끔찍하게 아꼈다.

즉 사이토가 마음에 들고, 마음이 끌리고, 자신을 희생해서라도 행복해졌으면 좋겠다고 생각할 정도로 아끼는 것, 이 세 가지를 충족시키는 사람이 진짜 좋아하는 사람이다.

사이토는 이 조건에 해당하는 사람이 없는지 눈에 보이는 사람들을 한 명씩 대입해 보았다.

우선 제일 먼저 눈에 들어온 하루키.

친구로서는 마음에 들지만, 딱히 마음이 끌리는 건 아니다. 하루키의 행복을 위해서 자기 행복까지 포기하고 싶은 생각은 들지 않으므로 제외.

다음은 미나카.

그녀도 확실히 사람은 마음에 들고, 이인삼각에서 묘하게 호흡도 잘 맞았지만, 그녀를 위해 자신을 희생할 정도는 아니므로 그녀도 제외.

아니다.

아니다.

아니다.

그렇게 몇 명쯤 끝냈을 때 리리와 눈이 맞았다.

그녀는 전부터 줄곧 마음에 들었다.

요리도 잘하고, 운동도 잘하고, 게임도 잘하고, 공부까지 잘하고, 그러면서 곁에 있으면 마음이 편하다. 또 그녀는 처음 만났을 때부터 어딘가 위태로워 보여서, 지금은 강해져서 괜찮다는 것을 아는데도 눈을 뗄 수 없을 때가 있다.

그러므로 아마 사이토는 리리에게 마음이 끌리고 있다.

그리고 마지막으로 리리의 행복을 위해 자신을 희생할 각오도 있다.

그것은 그녀가 초등학교 시절에 괴롭힘을 당했기 때문. 단지 불쌍한 생각이 들어서 그런지도 모른다.

그렇지만 확실히 그녀를 위해서라면 희생해도 좋다는 생각이 든다.

그런 생각에 놀라는 동시에, 움직이지 않았던 사이토의 손이 리리의 손을 잡았다.

"가자, 리리!"

"어? 나?!"

사이토는 당황하는 리리를 무시하고 달리고 있었다.

"대체 주제가 뭔데?"

골인 지점을 향하는 도중에 리리가 사이토에게 커다란 목소리로 어떤 주제였는지 묻는다.

"나도 잘 몰라!"

사이토가 즉시 그렇게 대답하자 뒤에서 "엥?" 하는 당황스러운 목소리가 들려 왔다.

그러나 이것은 현재 사이토의 솔직한 심정. 자신이 리리에게 갖고 있는 이 호감이 타쿠미와 같은 것인지는 연애에 둔한 사이토로서는 알 수 없다.

그러나 확실한 것은 미나즈키 사이토라는 사람에게 마치가네 리리라는 소녀는 특별하다는 것.

"그럼 왜 나야!"

"리리가 제일 와 닿으니까!"

"쪽지에 뭐라고…… 아니, 잠깐?! 그거 무슨 뜻으로 한 말이야?!"

들고 있던 종이를 팔랑거리면서 리리에게 웃는 얼굴로 그렇게 말하자 그녀는 얼빠진 대답을 하더니 이어서 사이토의 진심을 물어본다.

"뭐긴? 말 그대로의 의민데?"

"~~?! 아~ 진짜! 그게 무슨 뜻이냐고——!!"

그러나 사이토가 그 이상도 이하도 아니고 단지 주제에 가장 잘 맞는다고 생각했다고 대답하자 리리는 얼굴을 새빨갛게 물들인 채 운동장 전체가 쩌렁쩌렁 울리도록 소리를 지르는 것이었다.

◇

보물찾기 경주에 골인 후, "주제 확인을 위해 종이를 회수하겠습니다~" 하면서 진행요원 선배가 이쪽으로 왔다.

"네, 여기요."

"고맙습니다. 어디 보자, 주제가…… 오~. 오~홍."

그녀는 사이토에게 종이를 회수해 내용을 확인하더니 원래부터 싱글벙글하던 얼굴을 더욱 싱글벙글거리면서 리리를 흘끗거린다.

"~~?!"

눈이 맞은 순간, 리리의 속에서 날뛰고 있던 불꽃이 더 활활 타올라서 리리는 두 팔에 얼굴을 묻었다.

두근두근두근두근두근두근두근두근두근두근두근두 근두근두근두근두근두근두근두근두근두근두근두근 두근두근두근.

심장 뛰는 속도는 인생 최대급.

동요도 부끄러움도.

무엇보다도——.

"~~?!"

——자꾸만 입이 귀에 걸렸다.

이 소꿉친구에게 선택받았다는 사실이.

자신을 좋아한다고 말해 줬다는 사실이 너무 기뻐서 참을 수 없었다.

'이거 그런 거지?! 그런 거 맞지?!'

체육 대회의 물건 찾기 경주라는 상황.

거기서 〈좋아하는 사람〉이라는 주제로 이성 친구를 데리고 왔다면 이미 확정이리라.

이건 고백이다.

틀림없다.

사이토가 언제부터 리리를 이성으로서 의식하기 시작했는지는 알 수 없다.

그러나 지금까지의 적은 노력이 쌓여서 틀림없이 이 둔감한 소년의 마음을 움직인 것이리라.

그렇게 생각하자 리리는 뭐라 형용할 수 없는 성취감에 입이 점점 더 벌어진다.

빨리 진정해야 한다는 것은 알지만.

자꾸만 헤벌쭉해지는 것을 참을 수 없다.

'그래. 사이토는 평소에 겉으로 드러내지 않았을 뿐, 사실 나를 좋아했던 거야. 흥~, 아하핫~. 귀여워라. 그리고 내가 이런 거에 서툰 걸 알고 배려해 줬던 거지. 하지만 체육 대회의 그 장면에서 더는 감정을 자제할 수 없게 된 거야. 사이토가 나를 의식해도 난 전혀 상관없는데. 오히려 웰컴이지. 수줍은 표정은 나한테만 보여 주면 되는데. 물론 연사해서 사진 폴더에 담아 두고 스마트폰 대기 화면으로 써야지. 이제 연인 사이나 다름없는데 그래도 되겠지?! 되겠지?! 좋아한다고 해도 이제 포옹이나 키스 같은 거 안 참아도 되겠지?! 아~! 어쩌지, 어쩌지, 어쩌지, 어쩌지! 망상이 멈추질 않아.'

생각지도 못했던 사이토의 행동에 소녀 감성이 폭주.

리리가 곱슬머리를 돌돌 말면서 몸을 배배 꼬고 있는데

〈이로써 물건 찾기 경주를 마칩니다. 선수들은 퇴장해 주세요〉라는 장내 방송이 흘러나왔다.

"선배. 물건 찾기 경주에서 데려온 사람도 같이 퇴장해요?"

"다들 퇴장하는데 짝꿍을 혼자 여기 남겨 두고 가려고?"

"아하. 감사합니다. 리리, 그럼 같이 가자."

그리고 사이토는 리리와 함께 퇴장한다는 것을 알자, 손을 내민다.

"으, 응."

리리는 얌전히 손을 뻗어 그 손을 잡고 일어선다.

이대로 손을 잡고 가야지 하고 리리가 꼭 맞잡으려는 순간, 소꿉친구의 손이 스르륵 빠졌다.

"엥?"

"응? 왜?"

리리가 놀라자, 사이토는 영문을 모르겠다는 듯이 고개를 갸우뚱한다.

그 동작에 리리는 뭔가 마음에 걸리는 것을 느꼈다.

이게 고백한 상대에 대한 태도인가?

"손 안 잡아?"

"? 왜 잡아야 하는데?"

리리가 마음속의 열기가 빠르게 식는 것을 느끼면서 머뭇머뭇 물어보자, 사이토는 다시 영문을 모르겠다는 표정을 짓는다.

"날 좋아하는 거 아니었어?"

"?? 좋아하지. 주제에 〈좋아하는 사람〉이라고 적혀 있는데, 싫어하는 녀석을 데려올 리 없잖아."

"그, 그렇지. 그러면 손잡고 싶어지지 않아?"

"왜?"

계속 질문을 던지지만 역시 대화가 맞물리지 않는다.

리리의 생각과 이 소꿉친구의 생각이 미묘하게 어긋나 있다.

"네가 나 좋아한다며? 무슨 뜻으로 한 말인데?"

결국 리리는 결정적인 질문을 날렸다.

자신을 어떻게 생각하는지?

어떤 식으로 좋아하는지?

"무슨 뜻이냐고? ……지금까지와 똑같은 의미인데?"

그 결과.

알게 된 것은 리리의 착각이라는 것.

리리가 멋대로 들떴던 것일 뿐, 사이토는 고백했다는 자각이 없다.

그것을 이해한 리리를 덮친 것은 엄청난 수치심.

혼자 망상에 빠져 있었던 아까의 기억을 당장 없애 버리고 싶지만, 지금의 기억을 버릴 수는 없어서.

"※$&@%~~?!"

리리는 알아들을 수 없는 비명을 지르는 것이었다.

아무래도 그녀가 소꿉친구의 메인 히로인이 되는 것은 더 나중 일인 모양이다.

후기

오랜만입니다. 3pu입니다.

다시 만나게 되어 반갑습니다.

이것도 1권을 구입해 주신 여러분 덕분입니다.

여기에 감사의 말을 전하겠습니다.

감사합니다! (진심으로 감사합니다.)

이번에도 본 작품에 대해서 잠시 설명할까 합니다.

먼저 이 2권의 메인 테마는 사이토의 변화입니다.

이게 생각보다 어려워서 고생했습니다ㅎ.

사이토라는 캐릭터는 기본적으로 감정에 충실해서 싫은 건 싫다, 좋은 건 좋다고 확실히 말하는 성격이지요.

그것이 장점이기도 하고, 리리가 사이토에게 끌린 이유이기도 합니다.

단, 그 순수함에 애를 먹었습니다.

사이토가 말하는 '좋아한다'는 틀림없이 '좋아한다'입니다.

다만 '좋아한다'에도 종류가 있어서 친애, 우애, 연애 등 여러 가지인데, 사이토는 그것을 구분하지 못하고 있습니다.

그렇기 때문에 사이토의 '좋아한다'는 본 작품에 등장하는 캐릭터 중에서 제일 가볍습니다.

대조적으로 리리나 코유키, 타쿠미, 하루키, 미즈키와

같은 캐릭터들이 말하는 '좋아한다'는 무겁습니다.

사이토는 그들과 어울림으로써 '좋아한다'는 말의 의미를 조금이나마 이해하고, 그것이 누구를 향한 것인지 알게 됩니다.

사이토가 아주 조금 어른에 가까워진 회였습니다.

그러나 정말 아주 조금이라 리리는 앞으로도 휘둘려야 할 것 같네요ㅎ.

힘내라, 리리.

다음으로는 타임 리퍼에 관한 이야기를 하겠습니다.

먼저 말하고 싶은 것은, 이 녀석들은 전부 징글징글하게 귀찮은 녀석들입니다!

리리가 중요한 대목에서 머뭇거리는 것은 타임 리프 전과 변함이 없고, 하루키는 우유부단한 주제에 이상한 장면에서 각오를 다지고, 코유키는 자신만의 생각에 너무 빠져있는 등, 정말이지 징글징글합니다.

제가 비교적 사이토 같은 성격이라 더 그렇게 느꼈습니다.

이 녀석들 때문에 이야기가 자꾸만 복잡해집니다!

단, 이것이 본 작품의 매력이기도 해서 열심히 썼습니다.

참고로 말씀드리면, 코유키와 타쿠미는 아주 좋은 결말로 끝났지만, 두 사람은 아직 사귀지 않습니다. 코유키는 하루키에게 차였는데 타쿠미에게 고백받았다고 홀랑 갈아타는 여자가 아니니까요.

코유키는 누군가에게 기대고 싶은 마음과 죄책감 따위로 충분히 고민하고 갈등한 다음에 분명 자신만의 답을 찾을 것입니다.

앞으로 그녀들의 동향에도 주목해 주시면 고맙겠습니다.

타임 리퍼가 또 몇 명 있지?

왜 타임 리프 한 거지?

등등도 기대해 주세요.

마지막으로, 이번에도 A 편집자님, 일러스트레이터 Bcoca님께 많은 신세를 졌습니다.

상담도 해 주시고 멋진 일러스트도 그려 주셔서 진심으로 감사드립니다.

감사합니다! (진짜 진짜 감사합니다!)

또 다음번이 있다면 잘 부탁드립니다.

그럼 이번에도 이만 바이바이!

또 봐요. (꼭 만나요!)

ORE NO OSANANAJIMI WA MAIN HEROINE RASHII. Vol.2
©3pu, Bcoca 2024
First published in Japan in 2024 by KADOKAWA CORPORATION, Tokyo.
Korean translation rights arranged with KADOKAWA CORPORATION, Tokyo.

내 소꿉친구는 메인 히로인인 모양이다 2

2024년 12월 15일 1판 1쇄 발행

저　　　　자	3pu
일 러 스 트	Bcoca
옮　긴　이	김진희
발　행　인	유재옥
이　　　　사	조병권
출판본부장	박광운
편 집 2 팀	정영길 박치우 조찬희
편 집 3 팀	오준영 권진영 이소의 정지원
디자인랩팀	김보라 이민서
디지털사업팀	김경태 김지연 윤희진
콘텐츠기획팀	박상섭 강선화
라이츠사업팀	김정미 이윤서 임지윤
영업마케팅팀	최원석 이다은 윤아림
물　류　팀	허석용 백철기
경영지원팀	최정연
인쇄제작처	㈜코리아피엔피
발　행　처	㈜소미미디어
등　　　록	제2015-000008호
주　　　소	서울시 마포구 토정로222, 502호 (신수동, 한국출판콘텐츠센터)
판매 및 마케팅	(070) 8822-2301

ISBN 979-11-384-8524-1
ISBN 979-11-384-8460-2 (세트)